Yves Bichet

L'homme qui marche

Mercure de France

1

Je suis un marcheur. J'arpente des sentiers lumineux et ventés, la lisière de nations très anciennes. Je parcours jour après jour le même chemin, sillonnant les pays d'altitude, suivant pas à pas mon bout de frontière Italie-France, au mètre près. J'en connais chaque vallon, chaque torrent, chaque alpage. Je longe cette limite d'un seul côté, jalonnant sans cesse les mêmes crêtes, franchissant les mêmes cols, passant d'un horizon à l'autre : Mont-Cenis au nord, mont Viso au sud, mont Thabor au centre. Des sommets, des vallées, des alignements de cimes à contourner, des arêtes à franchir… J'en explore les pentes et les parois, les lacs, les arbres et les cailloux, les tournants, les mamelons. C'est comme une peau. J'ai l'impression de suivre une ancienne séparation douce et affaiblie… Je frôle, je foule, je déroule ma vie entière sur ce bout de frontière inusable. Je suis le marcheur d'un seul chemin… Robert Coublevie, ancien pion au lycée agricole d'Embrun (Hautes-Alpes), chemineau par passion et par mélancolie, pauvre par obligation, endurant par devoir, cocu par négligence, arpenteur et fuyard.

Il bruine. Cela fait une semaine que le temps est couvert, qu'il pleuviote par intermittence. Malgré tout j'avance sur la Ligne. Je marche entre les bancs de brume sans penser à rien, en suivant ma limite, en lui rendant hommage en quelque sorte. Ce sentier ne délimite plus grand-chose depuis que l'Europe a supprimé les frontières. Je l'arpente au mètre près. Je ne le franchis jamais. Ma femme m'a quitté il y a cinq ans. Depuis, je me contente de suivre un bout de chemin que l'Europe a aboli. L'Europe a supprimé aussi les idéaux, les rêves, les utopies… Reste le fric, auquel plus personne ne croit chez nous, les marcheurs, les petits soldats du quotidien… Il y a belle lurette que les chemineaux ne s'intéressent plus aux cahots financiers de ce monde. À l'amour ou l'amitié parfois, quand on croise quelqu'un, qu'on partage un casse-croûte, qu'on aide à porter un sac ou un souvenir… Le plus souvent, il ne se passe rien. On troque trois mots contre un itinéraire, des paroles rares, précieuses, qui restent mais qui ne pèsent jamais.

Je parcours mon sentier immergé dans la beauté omniprésente. Toute cette beauté, Élia et moi, on la boit des yeux… On la scrute, on la célèbre. On avance entre deux pays que plus rien ne sépare sinon de vieilles bornes en pierre, des blockhaus, des casemates à demi enterrées et puis ce sentier paisible, gorgé d'eau ces temps-ci, qui serpente d'un nuage à l'autre.

Élia, c'est ma petite chienne, une sang-mêlé, bâtarde de bouvier et d'épagneul breton. Pauvre Élia… Ses oreilles raclent le sol, impossible de les remonter, elles attrapent tout ce qui traîne, la boue, les chardons, les tiques. Parfois, pour lui faciliter la vie, je les rassemble et fais un nœud avec. Ça ne la gêne pas, mon Élia, de se balader avec ce nœud de peau au sommet du crâne, deux gants de toilette repliés l'un sur l'autre, un vrai œuf de Pâques. Elle trottine ardemment derrière moi. Elle connaît tous les baisers humains.

Élia, c'est aussi le nom de la femme qui m'a quitté et qui avait la bouche humide, des lèvres rincées de salive, une peau au goût de brioche, de pain au lait, des yeux de myope, des longues jambes qui m'enserraient et des petits seins pointus. J'y pense encore. Je sais qu'elle ne reviendra pas, qu'on ne pourra plus s'installer nulle part tous les deux. Alors j'avance. J'arpente les sentiers avec ma chienne, ma jolie Pépète. C'est pratique, un prénom unique : Élia l'épagneule qui me suit pas à pas, et Élia la myope qui m'a quitté, son inverse… J'ai fait l'amour à l'une, j'ai caressé les deux. Depuis je marche sur la Ligne et on me fiche la paix. J'explore des confins. Je longe mon bout de frontière sans jamais me lasser sauf s'il fait vraiment froid ou s'il pleut depuis longtemps. Alors je redescends, je rejoins la vallée. Je me retrouve au milieu du bitume, des voitures et des regrets. Je prends le car pour Briançon.

En descendant du car, j'ai croisé un type qui notait quelque chose sous un panneau publicitaire. Il était debout devant le banc de l'Abribus. Son corps occupait entièrement l'espace. Il gribouillait d'une main, fumait sa clope de l'autre. Un visage de femme souriait derrière lui dans la pénombre, derrière une vitre, enveloppé de dentelle, très vivant, très laiteux… Le type écrivait avec un naturel imparable. Étrange, on en oubliait le visage sur la publicité. Sa cigarette se consumait entre les lattes du banc. De temps à autre, d'une bouffée à l'autre, il se frottait le mollet. Cheveux courts, porte-documents, chaussures en cuir jaune… Il semblait paumé et on avait envie de lire par-dessus son épaule. J'ai parié qu'il écrivait un poème. J'ai dit poème comme je dirais jus de poireau. J'aime bien dire jus de poireau. Ou alors peau de lapin. Ou mari bricoleur… Ou encore tremper sa frite dans la purée, comme les Belges. En fait, je me foutais pas mal du bonhomme qui attendait devant le tableau d'affichage… Je cherchais un endroit où me loger, un nouveau pied-à-terre. Je l'ai dévisagé un moment puis suis parti sous la pluie qui recommençait à tomber. J'ai marché jusqu'à la bâtisse de la rue Flandrin, l'immeuble en réfection. J'ai contourné la palissade, gravi l'escalier de secours et, tout en haut, face à la grue, essayé l'une après l'autre les portes des anciennes chambres de bonne. Elles étaient verrouillées de l'intérieur. Les poignées étaient démontées mais, moi, Coublevie, je m'en balance, des portes closes, autant que de la pluie et des appartements à réhabiliter. Derrière les chiottes, il y avait un placard en bois avec un cadenas. J'ai arraché les pitons du cadenas et dégoté trois petites clefs sous le compteur d'eau, pendues à un crochet. J'ai choisi celle du milieu. Pourquoi celle du milieu ?... Mystère. Fallait aller faire un double avant de tout remettre en place. J'ai rejoint Élia, qui s'est mise à japper comme une folle quand je lui ai dit que les travaux de réfection allaient durer plusieurs mois et qu'on avait une piaule...

On est retourné en centre-ville. À mi-trajet, juste après le chemin de ronde, on s'est arrêté chez le cordonnier chinois. Sa devanture est étroite, tout en hauteur, toute décrépie. Y a des chaussures en vrac dans la vitrine, plus une cage à oiseaux et un bec Bunsen qui brûle au beau milieu sans raison apparente. La boutique sent le cuir et la colle de peau. J'ai poussé la porte, tendu ma clef au bonhomme et là, bien sûr, j'ai repensé à toi, mon Élia, ma première Élia... On aurait pu la partager, cette piaule avec le grand lit, le portemanteau, la vaisselle propre et notre linge bien rangé au fond d'un placard... J'ai commandé un double pour la serrure. Le type m'a désigné sa planchette où pendait une vingtaine de pastilles en plastique. J'en ai attrapé une, la plus belle. En fait, je te passais la bague au doigt. Une alliance vert bouteille, mon Élia... Le Chinois triturait la clef en marmonnant que, les barillets à pompe, c'est pas du chocolat... Est-ce vraiment un début d'histoire, ça, un cordonnier sans âge, sourire jusqu'aux oreilles, yeux bridés, examinant une clef chapardée dans une armoire de chantier et affirmant que les barillets à pompe, c'est pas du chocolat ?... La flammèche sifflait dans sa vitrine, le soleil de fin d'hiver pointait entre les rangées d'immeubles, les trottoirs luisaient d'humidité, le Chinois glissait ma clef dans un étau à crémaillère.

Le type de l'Abribus est arrivé pile à ce moment, avec sa gueule d'ange et ses souliers jaunasses. La meule venait de se mettre en route. Je lui ai cédé la place. Ça m'a énervé mais j'ai reculé sous les étagères et j'ai passé mon tour. Il a dit qu'il était pressé. J'étais aussi pressé que lui et, pourtant, je lui ai désigné la desserte avec un sourire servile. Le Chinois a abandonné ma serrure. Il a regardé son nouveau client puis, toutes affaires cessantes, a commencé à rafistoler sa godasse. L'autre, de sa voix triste et profonde, réclamait un talon compensé. Talonnette à droite… On ne compense jamais rien sur des chaussures comme ça, jaunes, chics, délicates. Le cordonnier s'est mis au boulot en sifflotant. J'aurais dû foutre le camp à ce moment-là mais ma clef était dans l'étau et l'autre zozo stationnait devant les étagères en bouchant la sortie. Il s'est gratté le menton, a dit qu'on s'était déjà croisé quelque part. J'ai hoché la tête. À la gare routière… Il a fouillé sa poche et en a extirpé le papier de l'Abribus, une page chiffonnée qu'il m'a fourrée sous le nez. Moi, comme un con, j'ai lu.

Nous avons déjà expérimenté tant de choses… Le désir nous a dressés l'un vers l'autre, puis éconduits en quelque sorte. Nous avons développé une amitié si sensuelle et si abrasive que, même sans jamais nous toucher, nous en sommes devenus esclaves. Cet élan n'en était pas un. Maintenant il nous rive et on ne sait pas s'aimer. C'est la part du banal et la part du vertige. Je crois qu'embrasser en imagination empêche d'étreindre à jamais.

Je suis resté bras ballants. C'était bien dit mais ça coupait la chique… Le bonhomme attendait mon commentaire. Comme j'en avais pas, un silence gêné a envahi le magasin. Le Chinois ponçait sa chaussure. La meule crissait dans son dos et moi, chemineau par passion et par mélancolie, j'attendais de monter sur la Ligne. Le type a replié son bout de papier.

— Elle a un côté fleur bleue qui m'énerve…

J'ai regardé dehors.

— Sentimentale, servile… Elle aime trop l'amour.

J'ai enfoncé les mains dans mes poches et me suis mis à triturer mon mouchoir avec le carré de chocolat juste en dessous.

— Ça devient presque abstrait, à force, de trop aimer l'amour.

J'aurais dû le contredire mais j'ai pensé à toi, mon Élia… J'ai grignoté le carré de chocolat sans m'en rendre compte. Je pensais à nous deux dans notre ville coiffée de nuages magnifiques, de frontières mouvantes et amoureuses. La lumière changeait derrière la vitre. Les rayons commençaient à percer là-haut, sur la Ligne. Il pleuviotait encore mais le soleil allait bientôt filtrer entre les mélèzes des Hautes-Alpes et déchirer la brume.

— Une véritable éponge, cette ville ! Il n'arrête jamais de pleuvoir. C'est gorgé d'eau.

Le type a baissé les yeux sur mes godasses, trempées en effet malgré le voyage en car. J'ai repensé à la fille et à leur amitié abrasive. Il s'est mis à sautiller sur ses jambes, genre sportif qui s'agace, puis a haussé les épaules et m'a tourné le dos avec la gueule du type navré d'avoir raison. Drôle de loustic… J'aurais dû lui répondre par une bonne crise d'urticaire. C'est toujours efficace de se gratter quelque part quand on se fiche de votre gueule. Le nez, les oreilles, peut-être même la raie des fesses… Je ne l'ai pas fait. J'aurais pu évoquer la lumière des Hautes-Alpes, le plein soleil sur mon bout de frontière arpenté depuis cinq ans, la joie de m'arrêter n'importe où devant un col d'altitude, une grotte, un block-khaus. Non, je me suis assis et j'ai attendu ma clef… *No sport*… Le type s'impatientait. J'ai marmonné « Déçu en bien » mais seulement dans ma barbe et d'une voix sourde. Puis à nouveau « *No sport* » comme Winston Churchill.

Après ça, je lui ai demandé ce qu'il foutait en ville. Il m'a regardé, s'est frotté les paupières, a répondu qu'il s'appelait Tissot et qu'il était douanier… J'y crois pas, ici, dans cette citadelle, un apprenti douanier !… Je me suis présenté dans la foulée : Robert, ancien pion au lycée agricole d'Embrun, chemineau, agrégé d'amour. Sur la Ligne, on m'appelle Coublevie tout simplement. Le cordonnier chinois a jeté un coup d'œil sur moi en fronçant les sourcils. Il a posé sa râpe, pressé le bouton sous l'établi. La petite meule s'est remise en route, les copeaux d'acier ont giclé.

— Pour qui, cette clef ?…

— Pour Élia.

J'ai lâché ce nom sans réfléchir… J'aurais mieux fait de me taire. En fait, je tournais dans ma tête la phrase du bonhomme « Je crois qu'embrasser en imagination interdit d'étreindre à jamais ». J'attendais ma clef en triturant la pastille vert bouteille et en voulant croire qu'il ne se passait rien d'important chez le cordonnier de la rue Flandrin. Le patron et le douanier se souriaient. Moi, j'écoutais les bruits de la rue et repensais à notre ancienne vie, Élia, à ta bouche humide, ton ventre doux et insatisfait, nos étreintes haletantes, nos regards crochetés l'un à l'autre… Le douanier m'observait avec une sorte de mépris nonchalant. Sa semelle avançait mais ma petite meule aussi. J'avais encore une chance d'être servi en premier.

Banco !… Le moteur s'est coupé automatiquement. Les copeaux ont fini de gicler et j'ai pu récupérer mon double de clef. Le douanier a fait la grimace puis marmonné dans sa barbe qu'il avait une jambe plus longue que l'autre. On s'en fout, de sa jambe… J'ai acheté en vitesse un collier et un mousqueton à vis pour mon prochain voyage avec la chienne. Le type m'a ouvert la porte en redisant qu'il était douanier. Les chemineaux et les douaniers, ça colle pas… Je l'ai quand même salué poliment puis suis resté une seconde sur le trottoir de la rue Flandrin, nez en l'air, à supputer le temps. L'autre patientait sur le seuil. Je l'ai inspecté de haut en bas : belle gueule, porte-documents, mollets nus et blanchâtres, chaussures en cuir jaune. Il hésitait à refermer derrière nous. Une gamine a traversé la rue, short ras le bonbon, téléphone à l'oreille, sac à dos, et je l'ai reconnue bien sûr. Je l'ai suivie des yeux un moment. Lui, même pas un regard… C'était Camille, la fille du patron du Café du Nord. Je lui ai souri. Elle m'a fait un petit signe du bout des doigts.

Trois pas sur l'avenue.

Là-haut, les brumes commençaient à se déchirer.

Demi-tour fixe.

Je suis revenu gentiment, j'ai annoncé que Briançon est la plus haute ville d'Europe, la plus belle, la moins humide, la plus ensoleillée… J'ai salué la vitrine du cordonnier chinois, salué les montagnes couvertes de brumes, salué l'agrégé des douanes puis j'ai tourné les talons en leur balançant ma petite blague éculée, pas celle des Belges trempant leur frite dans la purée, celle où on s'incline bien bas en s'excusant de demander pardon.

2

— Vous avez oublié quelque chose !

C'est lui… Il s'ébroue sur le seuil, jette un coup d'œil à l'intérieur puis pousse la porte d'entrée. Au Café du Nord, il faut alléger le vantail, sinon ça couine. L'agrégé n'allège pas, ne comprend rien à rien, force sur le battant et perd un temps précieux à me dévisager alors que son couinement hérisse tout le monde. La porte grince un moment puis se referme. Le bruit s'arrête net… Le type me fait un sourire complice et fouille sa poche. Il en ressort la pastille vert bouteille du cordonnier chinois. Regard circulaire. Tout le monde le dévisage, Taliano en premier… Sylvain Taliano, c'est le patron, un grand dégarni avec pas mal de tics, une espèce de costaud droit dans ses bottes qui voit tout et qui entend tout.

Le douanier salue la compagnie, passe la main dans ses cheveux puis sort une pince de son manteau et me la tend. Mounir, le garçon, arrête d'essuyer les verres et se penche vers moi en soufflant que ça fait des semaines qu'on m'a pas vu ici. J'approuve de la tête puis, docile, attrape la pince, enquille le double de ma clef dans la pastille et sertis la capsule d'un coup. L'anneau métallique ressort de l'autre côté avec un chuintement doux. Mounir recommence à essuyer ses verres. Je contemple la nouvelle clef d'un air pensif, me demandant à qui elle pourrait bien profiter. Le douanier me fixe avec des yeux de merlan frit... Là, je ne sais trop pourquoi, peut-être parce qu'il est empoté et qu'il porte des chaussures jaunes, je lui propose de s'asseoir à ma table.

Il s'assied et je continue à lui déballer mes salades... Pion au lycée d'Embrun, cocu, chemineau, etc. Je précise que j'ai pris dix ans d'un coup quand Élia est partie avec son prof de gym : poches sous les yeux, pattes-d'oie, poignées d'amour, cheveux blancs en pagaille... Le pire, c'est que je m'en suis dégoté trois ou quatre côté bas-ventre, des poils blancs, juste au-dessus de la vipère de broussailles... Pauvre petit pinceau ! Faut reconnaître qu'elle ne sert plus à grand-chose, la vipère en question. Esseulée, repliée, hors service... Une vidange par-ci par-là, pour l'hygiène et la propreté, en songeant à rien, ou peut-être seulement au salopard qui m'a chouré mon Élia aux seins pointus. Quand j'étais dans l'enseignement, je vivais sans angoisses et sans cheveux blancs du tout. Je croyais en l'avenir, au progrès, à l'ascenseur social. Je comptais bien m'élever et gravir les échelons. Je suivais des cours au Cned, le truc par correspondance, j'avais une amoureuse et, de temps en temps, une fois par mois, je mangeais des rognons au madère.

— C'est ridicule, n'est-ce pas ?

Il hoche la tête.

— Y a plus d'ascenseur social. Les paliers sont là mais les marches d'escalier n'en finissent plus et l'ascenseur est en panne.

Il approuve de nouveau. Je le fixe en plissant les lèvres puis conclus par cette phrase d'un vieux penseur chinois.

— « Qui se contente est riche. »

Il hausse les épaules. Je précise qu'elle ne le concerne en rien, évidemment, la maxime… Il détourne la tête et se met à regarder dehors. Je me renfrogne. Les siennes, de pensées, mine de rien, continuent à me tourner dans le ciboulot :

Cet élan n'en était pas un. Maintenant il nous rive et on ne sait pas s'aimer. C'est la part du banal et la part du vertige. Je crois qu'embrasser en imagination empêche d'étreindre à jamais.

Mardi matin, Café du Nord.

Je sirote un petit noir au-dessus de ma Pépète aux longues oreilles tranquillement allongée dans la sciure et, voilà, j'essaie d'expliquer à un inconnu comment on devient chemineau sur la plus belle frontière du monde. J'essaie de lui dire que les marcheurs fréquentent peu les bistrots et qu'ils viennent de loin, de très loin... Il hoche la tête mais n'a pas l'air de piger.

— D'aussi loin que les poètes et les troubadours. On marche depuis la nuit des temps. En Europe, en Amérique, en Orient, en Afrique... Partout on marche et ça ne gêne personne. Parfois on suit les anciennes routes, parfois on longe des frontières qui ne servent plus à grand-chose. On les arpente.

Je précise que ma chienne s'appelle Élia et que mon ancienne femme aussi. Le type déguste son blanc limé en claquant la langue. J'ajoute que les chemineaux, au fond, sont peut-être comme lui, silencieux, taciturnes, ne demandant rien à personne. Là, il lève un œil, mon gras-double. Je dis gras-double à cause de sa pomme d'Adam qui gonfle comme un jabot quand il se met à parler. Il a les cheveux courts et le cou tout bronzé. À part ça, il est maigre. Il secoue la tête avec un bon sourire. On trinque. J'arrête de raconter ma vie. Au bout d'un moment on entend une sorte de craquement côté zinc, au-dessus de la tête du patron. C'est Camille. Je demande au douanier s'il connaît Camille, la fille de Taliano. Il marmonne un truc incompréhensible. Manifestement, il se fout de Camille autant que du patron du Café du Nord. Il n'arrête pas d'inspecter sa chaussure. Je crois qu'il la trouve vraiment moche, mal réparée, et qu'il n'arrive pas à admettre que son nouveau talon n'est rien d'autre que du caoutchouc de récupération, un emplâtre, un bout de chambre à air.

— Ils font tous ça, les cordonniers... C'est des malins.

Le douanier examine son talon d'un air marri. Je toussote, lui souffle que j'aime bien le mot « marri » puis me mouche dans un Kleenex et désigne le caisson en bois au-dessus du bar, avec les cartes postales et les pitons pour les factures.

— Jolie comme un cœur, la petite Camille !... Je suis sûr qu'elle nous observe de là-haut.

Signal à l'œilleton... Pas de réponse.

— Un lit, un bureau, un aquarium avec des poissons minuscules, une lampe en vessie de porc et un œilleton qui ouvre au beau milieu des bouteilles de génépi.

Taliano approuve en croisant les bras sur son ventre.

— Elle passe son temps à surveiller.

Mounir fronce les sourcils et se met à balayer entre les tables. Dehors, la pluie s'est complètement arrêtée. Le douanier Tissot me dévisage. Je lui explique qu'elle en a bavé, la gamine... Elle a perdu sa mère à l'âge de huit ans. Quinze mois plus tard, sa grand-mère maternelle est morte à son tour et la fillette s'est mise à faire des cauchemars quasiment toutes les nuits. Elle ne fermait plus l'œil malgré le ronron du bistrot et la veilleuse qu'on laissait éclairée près du lit. Sylvain a dû aménager le caisson au-dessus du bar, installer un système pour surveiller la salle. Dès que Camille a pu regarder son père comme elle voulait, dès qu'elle a pu l'observer à tout moment depuis son lit, elle a dormi de nouveau. Pas vrai, Sylvain ?... Le patron hoche la tête, me sourit puis, les yeux dans le vague, commence à se gratter le coin des lèvres. Il inspecte son index et l'enfourne dans sa bouche. C'est son tic, Taliano... Il se gratte la commissure des lèvres, scrute son doigt puis l'enfourne d'un air las...

Mardi, fin de matinée. La pluie cesse. Je sirote mon café sans m'occuper du douanier Tissot qui se dandine sous les bouteilles d'apéritif. Elle doit s'ennuyer ferme là au-dessus, la môme... Peut-être qu'elle inspecte le bistrot, qu'elle relit ses devoirs, qu'elle rêvasse, le front appuyé sur l'abat-jour en vessie de porc ; peut-être qu'elle se fait les ongles en écoutant de la musique ; peut-être qu'elle hésite à refermer d'un coup son œilleton en pensant au Père, au Fils et au Saint-Esprit... Ça va, ma petite frimeuse ? Tu nous surveilles ? Tu réfléchis à tes cheveux gras, à ton nez trop long, un truc sans chair qu'on voudrait bien rogner et que personne ne caressera jamais... Je fais signe à Mounir et commande une noisette. Ça donne de l'énergie. Mounir arrive avec sa tasse dodue et bien crémeuse tandis qu'elle, là-haut, bascule sur son lit en prononçant les seuls mots qu'elle adore, qu'elle répète à longueur de journée et qui lui font du bien : le mot « timbale », le mot « royauté ». Pour timbale, d'accord, c'est l'enfance, ça... L'enfance et ses goûts de métal... Royauté, on ne comprend pas. Peut-être que ça évoque un prince ou une bergère dans une comptine ancienne, peut-être que ça fait penser à l'amour. Sa bouche s'allonge vers le bas. Elle grimace. Penser à l'amour est la seule façon de souffrir correctement.

Clin d'œil au-dessus du bar. Pas de réponse.

Je reviens à mes moutons, c'est-à-dire au douanier Tissot, qui se dandine devant le zinc. Je lui rapporte gracieusement les mots préférés de la petite frimeuse en ajoutant « naphtaline » à la fin. Il me scrute d'un air perplexe. Je secoue la tête. Il secoue la sienne. Sylvain Taliano rapplique en traînant les pieds et commence à préparer les piles d'assiettes pour midi. Il les passe à Mounir. L'instant d'après, appuyé au zinc, je leur chuchote : « tombeau des stars ». Puis je leur balance une dernière chose : « vertige de joie »... Personne ne fait attention à moi, surtout pas Camille là au-dessus et encore moins l'agent des douanes qui ne sait plus sur quel pied danser et qui pense peut-être à sa copine, la cérébrale sentimentale... Sylvain nous écoute en se triturant les lèvres. Il enfourne son index. Je me dis que je devrais arrêter de noter comme ça le moindre détail et leur raconter plutôt mes promenades d'une crête à l'autre, les courses sur la Ligne qui m'enchantent et n'en finissent jamais… Envie pas envie… Le patron rejoint Mounir dans la grand-salle et moi, l'ancien maître d'internat au lycée agricole, je finis ma noisette avec un gras-double en face de moi, gueule d'ange et talon compensé à droite. On paye chacun une nouvelle tournée. Finalement, la conversation a l'air de lui plaire, à l'ingénieur. Il me questionne comme un employé fureteur et indiscret, revenant sans cesse aux bouts de frontière collés les uns aux autres.

— Et de l'autre côté ?…

— On s'en fout, de l'autre côté… C'est de l'histoire ancienne. On ne les traverse même pas, les frontières.

L'agrégé ouvre de grands yeux incrédules.

— On longe mais on ne franchit jamais…

Il a l'air paumé et demande des explications. Je lui dis que les chemineaux suivent leur bout de frontière sans jamais aller voir de l'autre côté. Ils arpentent mais ne traversent pas. Ils avancent droit comme des seigneurs et se fichent pas mal d'être compris ou non. Je précise que ma chienne Élia ne traverse pas non plus. Enfin, le moins possible…

Silence.

Sylvain essuie les assiettes. Mounir recouvre les tables avec des nappes en papier. Je me demande pourquoi je suis ici, debout, à leur expliquer des choses que personne ne pige jamais… Le douanier plisse les yeux et dit qu'il est flapi… Je me lève. Je paye la dernière tournée juste pour l'emmerder. Ça ne l'emmerde pas du tout. Drôle de mot, « flapi »… Finalement le patron fait signe que c'est lui qui régale. Il est comme ça, Taliano, imprévisible, bougon, miséricordieux… On entend un bruit derrière le bar. Des pas se mettent à vibrer là au-dessus, derrière les bouteilles de génépi. Le caisson résonne. Le bistrotier tire la gueule. On dirait que ça l'accable, tout à coup, ces bruits de pas au-dessus de nos têtes. Le douanier recule vers le billard en fronçant les sourcils.

3

J'ai pas encore parlé de Tapenade, un autre habitué du Café du Nord, une relation de bureau en quelque sorte, retraité ou agent supplétif, j'en sais rien, mais un type heureux, fier d'être en vie et surtout fier de rien branler, avec un bon sourire de chérubin céleste et, juste au-dessus, un tas de cheveux gras et filasse que c'en est une désolation. Le vrai poivrot des jours heureux… Mounir l'appelle Première Pression à Froid mais c'est un peu long et le type boit jamais de bière, seulement des petits jaunes… Je préfère Tapenade.

Les pas continuent à marteler au-dessus du patron qui tire la gueule. Tapenade attrape son pastis et file à l'autre bout de la salle, près d'un passage en bois qu'on n'ouvre jamais, genre porte de buanderie ou de vieux cellier. Il s'assied derrière le billard et commence à trier sa soucoupe de cacahuètes en bougonnant. Il se fiche du tintamarre. On lève tous le nez vers le plafond mais lui, Tapenade, s'assied pour trier minutieusement les grains de sel d'un côté, les peaux rougeâtres de l'autre, les cacahuètes au centre. Il a l'air affairé, très heureux. Deux filles discutent à la table d'à côté en buvant du thé vert. Elles se fusillent du regard. Les bruits de pas recommencent à sonner derrière le zinc. Sylvain entrebâille une porte en contreplaqué et gueule qu'il en a assez de tout ce raffut. Les bruits cessent à la seconde. Une volée de marches surgit dans le dos du patron et on commence à apercevoir les mollets de Camille descendant l'escalier en bois. Elle est belle, la môme. Elle porte une chemise de grand-mère toute froissée, un truc à dentelle qui pourrait bien, je crois, lui servir de robe pour les siècles des siècles mais qui laisse de marbre notre agrégé des douanes. Même pas un coup d'œil vers l'escalier. Il regarde obstinément dehors… Les branches des arbres s'agitent sur l'avenue. Une légère brise descend des montagnes. Le temps va se remettre au beau… Tapenade s'en fout. Il trie ses grains de sel et ses peaux de cacahuètes. La pluie a cessé et c'est très bien comme ça. Les étudiantes se fusillent du regard. La petite Élia gémit pour partir en balade. Le père dit à Camille de remonter faire ses devoirs et la gamine obéit. Moi, je file aux toilettes.

Eau chaude, savon à volonté, sèche-mains, sèche-cheveux… Je me nettoie avant de repartir.

Par l'entrebâillement de porte, j'aperçois le bar et une partie de l'escalier. Camille s'est arrêtée à mi-hauteur. Elle a l'air fatigué. Je lui souris mais elle regarde ailleurs. Elle est bizarre. Je la connais depuis l'enfance, Camille… Je venais souvent ici avant le divorce et mon départ sur la Ligne. J'aidais le patron les week-ends et, si nécessaire, je soutenais sa gamine à l'école. Un conseiller d'éducation, ça rêve de donner des coups de main plutôt que des coups de pied au cul. En plus, j'aime bien rendre service. La petite Camille s'en est rendu compte. Elle a continué à me laisser des messages après le départ d'Élia, à me montrer ses leçons. Elle était triste de me voir à ce point affecté. Un cœur de beurre, cette petite. Elle a grandi si tôt, si vite et si sûrement qu'ensuite plein d'élèves ont commencé à se battre pour l'aider à faire ses devoirs… Elle a cessé de faire appel à moi et continué tranquillement à embellir. Sauf que, là, elle ne resplendit plus du tout, la gamine. Elle s'accroche à la rampe. Elle est toute pâle.

Je reviens des toilettes, lui fais un signe puis passe devant Tapenade, qui me fixe bizarrement. Je traverse le bistrot. Mounir me dévisage aussi. Taliano se gratte les lèvres mais il oublie de lécher son index… Je fronce les sourcils. Un chemineau, ça repère les embrouilles comme un cochon sa truffe et là, aucun doute, malgré le beau temps qui revient, y a un lézard…

Je file récupérer mes affaires. On me suit des yeux. Le douanier lui-même semble embêté. Un mauvais courant d'air envahit la pièce. Je me retourne. La porte en bois près du billard est entrouverte... Je me fiche de cette porte, je récupère ma chienne et vais payer au zinc. Yves Tissot me rejoint son verre à la main et attend qu'on le remplisse à nouveau. Je souris machinalement en attendant ma monnaie... Tout le monde attend aujourd'hui. Camille s'attarde sur l'escalier. Les nuages se dispersent mais traînent encore un peu dans le ciel. Le patron consulte sa montre sans bouger d'un pouce. Mounir se gratte la nuque en regardant dehors. Les étudiantes hésitent à partir. Chacun patiente sans comprendre ce qui se passe mais la température, elle, n'hésite pas vraiment... Elle remonte. Elle dresse les gens les uns contre les autres.

Donc tu es là.

Je sais que tu es là, dans la pénombre. Je recule vers la porte mais la chienne s'échappe et va fureter de ton côté. Elle fait la belle, ma Pépète, elle frotte ses grandes oreilles contre les pieds de table, les cartables, les parapluies, tout ce qui traîne... Elle se rue sur ton sac à main. Tu le récupères d'un geste et le poses sur tes genoux. C'est bien toi, assise dans l'obscurité près du billard. Je reconnais ta façon d'écarter les coudes, d'appuyer le menton dans tes poings.

La chienne Élia se plante sur ses pattes arrière et essaie de te lécher. Tu la repousses. Tu es venue par la porte du cellier, n'est-ce pas ? On fréquente parfois les mêmes endroits, on supporte les mêmes courants d'air... Je tourne les talons en triturant le molleton de mon anorak. Faudrait le nettoyer un jour, cet anorak, recoudre une bonne fois la doublure, mais voilà, j'ai pas le temps. Jamais le temps.

Je te regarde et j'ai un haut-le-cœur. Alors, c'est vrai, elle n'est pas finie, notre histoire ! Tu viens te débarrasser de ce qu'il en reste... J'aurais rêvé que tu le gardes pour toi, cet objet fétiche, cette lampe rescapée de la guerre. Elle est là, sur le marbre, juste derrière ton sac. Elle m'attend. C'est notre souvenir de balade, une lampe de soldat allemand découverte dans le blockhaus du col des Thures, intacte, avec sa poignée en laiton, sa dynamo incorporée et son boîtier kaki à peine rouillé. Un demi-kilo de ferraille impossible à manier d'une seule main. J'étais tellement content de la trouvaille que j'avais gravé mes initiales à l'intérieur. Je t'éclairais avec, ma petite myope aux seins pointus... Souviens-toi, la torche balayait les couloirs du lycée, illuminait ma chambrette de pion sans avenir et, toi, emprisonnée dans cette lueur jaunasse, toi mon Élia, lunettes à la main, tu surgissais dans le cône de lumière. J'actionnais la poignée à deux mains. On entendait le bruit d'engrenage à l'intérieur, un rayon sortait du boîtier puis se mettait à trembloter aussitôt. Je me bousillais les doigts à force d'appuyer sur la crémaillère. Le faisceau déclinait peu à peu. On redevenait fantôme.

Sauf que, là, c'est moi qui tremblote, y a plus du tout de fantôme et ma chienne a envie de te faire la fête. Je rassemble mes affaires en vitesse au moment où Mounir, depuis l'entrée, gueule la seule phrase qu'il fallait pas.

— Élia ! Au pied !…

Élia, le nom à ne pas prononcer… Ma bâtarde se lève d'un bond et file au zinc en remuant la queue. Au passage, elle se frotte contre le mollet des deux étudiantes.

— Élia, couchée, bordel !

Elle rampe. Elle se couche, la Pépète… Toi, évidemment, mon ex-amour, tu réalises que je lui ai refilé ton prénom, à l'animal de compagnie… Triste, mon animal de compagnie. On entend un soupir en haut de l'escalier. Tiens, la môme Camille s'intéresse aussi à nos retrouvailles… Faut dire qu'elle te connaît depuis l'enfance, elle aussi. Déçue en bien, la petite Camille ? Silence. Manifestement, la môme n'est pas trop dans son assiette. Elle est toute pâle. Je ne comprends pas ce qui lui arrive mais je dois la laisser de côté car il reste un truc à vérifier. On n'aurait pas un peu vieilli, tous les deux, mon Élia ?… J'ai l'impression que tu hésites à te montrer en pleine lumière. Impossible de te voir en entier près du billard, de jauger ta poitrine ou tes fesses avec cette jupe informe qu'on distingue à peine dans l'obscurité, plus le pull à col roulé, plus une nouvelle paire de lunettes juste au-dessus… T'es habillée comme un sac et tu me méprises. Tu pinces les lèvres. Je les connais par cœur, tes colères rentrées… Je repars sans dire un mot. La chienne Élia me suit en gémissant. On entend à nouveau du raffut derrière le bar. Tu te retournes. On se retourne tous et ça nous sauve, ce boucan.

Faut dire qu'elle est vraiment pâlotte, la gamine… Elle vient de basculer dans l'escalier en se tenant à la rampe. Elle a les yeux gonflés et un sourire navré au coin de la bouche. Toi, Élia, tu la regardes sans bouger, la main posée sur ma lampe de guerre. Camille s'arrête entre deux marches. La chemise de grand-mère lui bat les fesses. Le bar est tout luisant. Moi, je me tais, je scrute, j'enregistre le moindre détail… Ma chienne en profite pour filer dehors rejoindre une espèce de caniche adepte de la baise opportuniste qui se met à lui renifler l'arrière-train. La môme Camille essaie de descendre encore quelques marches. Elle s'appuie au mur. On aperçoit un peu de dentelle autour de son cou, un ruban qui tient sa chemise mal refermée. Elle est pâle comme un linge. J'ignore si c'est le douanier Tissot, ou les chiens qui se poursuivent sur le trottoir ou toi, mon Élia, qui brandis notre

ancienne lampe en ferraille, ou encore Tapenade avec sa gueule d'ange et sa soucoupe de
cacahuètes, mais la petite a vraiment l'air impressionné. Elle fait un pas en titubant, un seul pas
derrière le bar puis s'arc-boute contre le battant
de la porte et s'affale sur le zinc, à vingt centimètres du percolateur.

Sylvain réagit à la seconde.

Il la récupère et la tire dans la grand-salle. Ses
pieds nus laissent une trace humide sur le carrelage. Sylvain l'installe sur le premier siège venu et
Camille s'y tasse bizarrement, respirant par saccades. Le patron revient au bar et, depuis l'évier,
lui balance un verre d'eau dans la tronche. Elle
ouvre un œil, dodeline de la tête une seconde
puis repique du nez. Taliano s'énerve et commence à jurer dans sa barbe. Il jure mais il oublie
Mounir et surtout Yves Tissot. La voix profonde
de l'agrégé des douanes s'élève à l'autre bout du
bar, près du radiateur, disant qu'il faut appeler
le médecin et, en attendant, allonger la petite à
même le sol.

— Tête basse... Pieds en l'air.

Mounir obtempère. Sylvain, bourru, dit
qu'elle risque de prendre froid. On étend quand
même Camille sur le carrelage. Le douanier Tissot récupère ma lampe de guerre sur la table et
toi, Élia, tu laisses faire... D'une main ferme,
le douanier actionne la dynamo comme s'il la
connaissait depuis toujours. J'entends les ressorts

36

chuinter à l'intérieur. Le faisceau de lumière balaie les murs du Café du Nord, puis la chemise de Camille, ses joues blafardes, ses cheveux. Elle est livide. On dirait que ma lampe l'accuse. Le faisceau descend le long du carrelage et éclaire le tissu de grand-mère. On aperçoit ses cuisses une demi-seconde puis, au-dessus, sa culotte barrée de rouge... Ça fait bizarre, cette tache sombre, c'est comme une gifle, une blessure.

Évidemment, là, c'est à toi d'intervenir, Élia.

— C'est pas la première fois qu'elle a ses règles, quand même...

Taliano hausse les épaules.

— Bien sûr que non.

Je récupère mon sac à dos. Y a pas grand-chose à ajouter... Taliano se gratte le front et fixe des yeux mon ancienne compagne. L'autre enflure du même nom, ma chienne, se met à éternuer sur son trottoir puis, la truffe basse, se dégage des pattes de son caniche de merde.

— Ça lui arrive de temps à autre, ce genre de malaise. Elle est délicate, Camille. Elle a le ventre sensible...

Il se penche sur sa fille puis songe enfin à rabattre la chemise de grand-mère. Il est temps de disparaître. Je pars sans bruit. Une fois dehors, sur le trottoir luisant de pluie, je me penche par la fenêtre et les regarde tous dans la salle du bistrot : le patron, mon Mounir, mes deux Élia, Tapenade, l'apprenti douanier, les étudiantes de passage, tous penchés au-dessus de Camille comme des experts-comptables. La môme commence à remuer sur le carrelage. L'agrégé se relève, éteint la lampe et marmonne quelque chose à propos du sexe et de l'adolescence. Camille se réveille, ouvre peu à peu ses beaux cils de madone. Je lui souris derrière la vitre. Elle me fait un signe avec les yeux. Elle me dit de me barrer.

4

Quinze jours entiers sur la Ligne : Mont-genèvre, Vallée Étroite, Thabor, col des Rochilles. Mon petit cérémonial de chemineau entre les sommets râpeux et enneigés des Hautes-Alpes. Je longe les crêtes, les montagnes inusables, je retrouve mes perspectives de bout du monde bordées de lacs et de sentiers basculant sans suite d'un col à l'autre. J'aime ce pays, ces pierres grises dressées tous les kilomètres, les anciennes bornes frontalières, les ruisseaux d'Italie ou de France sautés jour après jour, jaugés comme des nuages. J'aime les animaux qui somnolent sur les flancs ensoleillés des montagnes, jaugés eux aussi, marmottes, bouquetins, coqs… J'aime les marcheurs, les guetteurs, parfois même les vacanciers, deux ou trois promeneurs comme moi, vagabonds d'un jour ou d'une semaine. On se salue d'un mouvement de tête, on ne se parle pas, on ralentit à peine, on baisse les yeux. La température est brûlante en plein soleil mais fraîche dès la fin du jour, glaciale le soir. Les lumières n'en finissent pas de mourir.

Maintenant c'est le crépuscule. La nuit n'est pas encore là mais le froid pointe son nez et le repas s'impose. Feu de bois, doigts de pieds en éventail, Opinel, saucisses. Je viens de croiser mon pote Jean sur la Ligne. Jean, c'est le chartreux, celui qui marche toujours en sens inverse. On s'est embrassés au-dessus de la frontière et, finalement, c'est moi qui suis revenu sur mes pas car il est vieux, il a la vue basse et les articulations pleines de sable. On a décidé de bivouaquer au col de l'Échelle, dans une ancienne cahute de douaniers, trente mètres carrés de parpaings édifiés à cheval entre l'Italie et la France, avec un avertissement daté de 1942, une pancarte illisible, rouillée, qui signale l'ancienne Ligne. Même celle-ci, de limite, cette frontière traversant une cabane en briques rouges, on ne la franchit pas. Jamais.

Jean parcourt la frontière côté italien, moi côté français. Lui, c'est un ancien chartreux. Moi, un ancien pion. Il est vieux et maigre. Moi, ça se discute. Il a commencé à suivre la Ligne quelque part au-dessus du val d'Aoste alors que ses confrères moines exilés en Italie depuis la fin du Concordat imaginaient réintégrer leur maison mère en France, dans le massif de la Grande Chartreuse. Quarante ans qu'ils poireautaient loin de chez eux, les curés !… Les plus exaltés d'entre eux suivaient chaque dimanche la frontière côté italien, façon peut-être d'exorciser une prison en longeant sa limite. Ils suivaient leur sentier et juraient de le retraverser au plus vite, d'aller récupérer leurs biens spoliés par l'État laïc. La France a mis fin à l'exil. Les militaires ont finalement cédé aux chartreux en même temps qu'aux Allemands. On s'en fout des Allemands mais ils ont tout gagné, ceux-là, et les moines sont revenus en Grande Chartreuse dans la foulée… Mon pote Jean, lui, fringant novice, est demeuré au val d'Aoste par obéissance au supérieur qui ne voulait pas le laisser partir. Il est resté cloîtré quelques mois supplémentaires puis a fini par s'enfuir avec une Italienne apprentie nonnette de vingt ans, lingère et jardinière qui, bien entendu, un peu plus tard, l'a quitté pour un autre moine ou un carabinier, je ne sais plus… En tout cas un type en uniforme.

N'est restée que la Ligne, comme de juste. La Ligne pour nous tous, les marcheurs de la nuit des temps. Seulement lui, le chartreux, ne fait jamais comme les autres. Il ne lâche pas sa frontière. Trop futé ! C'est un vieux cureton noueux, rempli d'illusions et d'espérance. Il avance avec une canne en buis. Il doit prier Dieu en haut des crêtes, sous les névés des Hautes-Alpes ou devant l'eau turquoise des lacs d'altitude, quand ça lui prend.

On a beaucoup parlé avant le repas. J'avais mal au dos, probablement les restes de ma sciatique apparue après le départ d'Élia, un pincement discal que les chirurgiens de Briançon se sont empressés d'aller grattouiller avec leurs lancettes. Résultat du tirage et du grattage : ça me picote le long de la jambe chaque matin au réveil ; ça me larde plein pot en fin de journée. Voilà le travail… J'ai les lombaires en compote. Le chartreux s'en fiche. Il arpente sa moitié de cabane en se triturant les poils de l'avant-bras… Bouclés, argentés, les poils en question, et un peu clairsemés au poignet. Émouvants, bien sûr… Il tournique dans la cahute et marmonne que ça va pas très fort, qu'il a vieilli, qu'il perd la mémoire et qu'il faudrait arriver à se balancer des souvenirs comme de tout le reste.

— Cure tes ongles, mon chartreux.

Il m'écoute à peine. Je pars chercher du bois. Lui, tête dans les épaules, attrape son Opinel, déplie la lame, contrôle le fil puis, d'un coup, se rase dix centimètres de peau de part et d'autre du poignet et jette la touffe de poils dans les braises. Évidemment, aussitôt, ça pue. Je fronce le nez… Lui aussi. Il baisse les yeux d'un air fautif et commence à graver quelque chose sur le pommeau de sa canne. Elle est déjà toute décorée, sa canne en buis. Il s'en fout. Il trace de nouvelles arabesques. Ça pue le cochon brûlé mais il s'assied tranquillement pour graver devant les flammes. Il me répète que l'important est de ne jamais se rappeler quoi que ce soit.

— Rien de rien, Coublevie… La mémoire, c'est un piège. Elle rassemble nos échecs et nos déceptions, elle classe toutes ces misères, elle les accumule dans le foutoir intime, là où ça pourrit sans ordre et sans façon. Crois-moi, elle nous fait vraiment souffrir, la mémoire, genre élancements dentaux, vieilles caries qui se réveillent… T'as pas une bûche, Robert ?

Je me lève, boitille à l'extérieur et vais ramasser des branches mortes. Il s'en fiche que je boitille, le curé. Trop fier d'annoncer que nos peines macèrent au fond de notre mémoire de merde, qu'elles y faisandent à tout jamais et qu'elles empestent comme de vieilles bécasses… J'avale un antalgique. Il replie son Opinel.

— La joie, c'est différent, Coublevie. La joie échappe aux souvenirs, elle est furtive. Elle est floue. Elle arrive comme par enchantement. Un regard, une caresse sur un bout de tissu, un parfum… Elle surgit à l'improviste et s'impose comme ça lui chante. Elle enfle d'un coup puis explose et se désagrège. Après ça, plus rien. Une frustration, un dépit mais plus vraiment de trace. On ne garde pas souvenir de la joie. C'est trop volatil et imprécis. Un vrai truc de myope.

Il se tait. J'alimente le feu en repensant à Élia, ma belle myope moqueuse et enjouée. Ça fout la gerbe, ces théories de curé… Je remue les

43

braises avec un bâton. Faut reconnaître que je ne me suis vraiment souvenu du corps d'Élia, de sa peau et de son parfum qu'à partir de notre séparation, il y a un siècle et demi, quand je fréquentais encore assidûment le Café du Nord… Je ne suivais pas la route des montagnes, je ne longeais pas mon bout de frontière. La petite Pépète ne frétillait pas dans mes talons. Le lycée agricole d'Embrun avait son CPE et ma femme s'apprêtait à me faire cocu. Je suppose qu'on avait cessé de s'aimer, qu'on ne se regardait plus comme avant, que je m'occupais mal d'elle. Fin du bonheur et de l'insouciance. Sylvain Taliano allait bientôt percer l'œilleton au-dessus du bar et mon Élia allait partir avec son prof de gym.

Après ça, les souvenirs se sont pointés en masse. En moins d'une semaine, j'ai été assailli de réminiscences. Je retrouvais sa voix à chaque coin de rue, son rire, sa démarche, le parfum de ses cheveux, le creux de ses hanches, ses petits seins chauds, ses mollets. Avant, je me rappelais rien du tout.

— Ça vaut pas un pet, les souvenirs, Coublevie… Crois-moi, vaut mieux penser à la joie.

Je me gratte le bide et on arrête de parler. C'est l'heure de la bouffe. On se retrouve chacun avec nos conclusions bizarres, chacun dans notre coin de cahute, le cul posé sur un caillou. Col de l'Échelle, cabanon des douanes, début du printemps. On ne bavarde plus, on réfléchit, la tête et le jabot gonflés comme un crétin des Alpes. J'aime bien ces mots, « crétin des Alpes », presque autant que « naphtaline » ou « antilope »… Mais, là, je ne dis rien. Je regarde mon chartreux qui plisse les yeux devant les briques de l'ancien poste-frontière.

— Ça fait quand même chier de perdre la mémoire… Tu vois, par exemple, j'ai croisé un couple cet après-midi dans les névés du rocher de la Sueur. On a parlé un moment mais je me rappelle même plus leurs gueules, à part deux ou trois conneries, des détails, le menton de la fille par exemple. Un truc bifide.

— Un truc comment ?

— Fendu en deux… Ça se voit pas trop, note bien.

Je retourne les saucisses en haussant les sourcils.

— J'ai même oublié leur voix. On ne mémorise que des trucs insignifiants, la couleur du sac à dos, un chapeau, une façon de marcher. Pas vraiment les visages…

Le chartreux récupère son Opinel, déplie la lame et se rase une deuxième touffe…

— Arrête, Jean ! On va bientôt bouffer…

Il marmonne qu'il se souvient aussi de leurs godasses puis inspecte la peau de son poignet. Il renifle l'air autour de nous, fronce le nez une seconde puis balance la nouvelle touffe sur les braises et me regarde par en dessous, genre écolier fautif et morveux. Ça se remet à puer illico. Je me lève en disant qu'on a autre chose à faire que de contempler ses poils qui grésillent dans un feu de bois. Je l'aide à s'installer. Il s'appuie sur sa canne, me fait un clin d'œil complice puis tire un mouchoir de sa poche, un truc à carreaux qu'on voit sur son crâne les jours de pluie. Il se mouche dedans puis le déplie au sol… Quatre petits cailloux pour bloquer les angles, l'Opinel au centre. À table ! Godiveaux pour moi, patates pour lui, plus le litron qu'on se passe religieusement au-dessus de la frontière. On pourrait quand même la traverser un de ces jours, cette fichue Ligne. Ça devient un peu ringard, notre limite… Il hausse les épaules. Il s'en fout, mon curé. Il a un visage de chemineau tout buriné avec des rides qui lui lardent les joues et il recommence avec le type du névé, précisant qu'il portait de drôles de chaussures, des sortes d'escarpins, et qu'il n'arrêtait pas d'engueuler la brunette sur ses talons. Là, évidemment, je sursaute.

— Quelle couleur, les escarpins ?

— Jaunasses. Sans couleur.

C'est lui ! Je recule d'un bond. Le litre de rouge bascule sur le mouchoir à carreaux mais je le rattrape au vol. C'est la belle gueule !… Je rebouche illico notre flacon alors que l'autre redémarre avec la joie, ce con, c'est volatil, la joie, ça vous fond dessus, ça disparaît comme c'est venu, ça contredit tous les souvenirs. J'attrape une saucisse, je mords dedans. Un peu de graisse jaillit du godiveau et atterrit droit sur le futal du chartreux. Il se baisse, mon curé, ramasse une poignée de sable par terre et se nettoie avec.

— Pas cuits, tes trucs !

J'oublie un instant le couple du névé et le regarde frotter consciencieusement son pantalon. Il me vient une question idiote.

— C'est bizarre comme ça gicle, la graisse de godiveau, non ?

Silence.

— On dirait que c'est propulsé de l'intérieur…

Le chartreux continue à briquer son treillis de l'armée française sans un mot. Je récupère la saucisse et mords à nouveau dedans. Le litre de rouge retraverse la frontière.

— Quand même, ils se tenaient par la main… On aurait dit des amoureux. Après le col, ils ont commencé à s'engueuler. C'était surtout le mec qui braillait. À un moment, la fille a voulu se blottir contre lui mais il l'a repoussée. Ils se sont arrêtés devant le blockhaus et elle s'est mise à lui caresser le visage. Le mec l'a repoussée une deuxième fois. Alors elle est tombée à genoux. J'ai failli m'étrangler. Ils étaient juste en dessous de la tourelle. La fille s'est accroupie entre ses jambes, j'ai cru qu'elle allait lui dégrafer le pantalon mais là, d'un coup, ni vue ni connue, elle a disparu. Elle s'est évanouie entre les herbes. Plus personne devant la butte. Le type est resté comme un flan. La môme avait dû se glisser à l'intérieur du blockhaus par la fenêtre de tir. Après ça, je ne les ai plus vus ni l'un ni l'autre. Évaporés…

Jean hoche la tête en décortiquant sa patate. Je laisse tomber la mienne. Plus faim… Voici donc l'agrégé des douanes qui se repointe, une jambe plus longue que l'autre, avec sa gueule de noctambule et un drôle de penchant pour les adolescentes. J'ignore pourquoi, mais son arrivée sur la Ligne ne me dit rien qui vaille. Jean retourne les godiveaux pendant que je lui décris Camille.

— Elle est mince, brune, des cheveux mi-longs et un petit menton fendu, effectivement.

— Et lui ?

— Lui, il ressemble à un têtard.

Jean croque dans sa patate avec un sourire lointain. C'est elle, j'en suis sûr. C'est Camille ! Je lui dis qu'elle est tombée dans les vapes chez Sylvain. Je lui décris la fin de matinée bizarre au Café du Nord, la môme étendue sur le carrelage et mon Élia qui la contemplait sans réagir. Il n'a pas l'air impressionné, mon pote curé. C'est bon, on arrête la discussion.

Rien ne l'intéresse, ce chartreux. Il mâchonne une seconde patate sans l'éplucher. J'attrape une nouvelle saucisse, me crame les doigts, en jette la moitié à la chienne, qui n'en fait qu'une bouchée. Déçue en bien, la petite Élia… Un coup d'œil à ma montre. La lune est ronde, presque parfaite. Je récupère ma lampe, ma réserve de médocs pour la sciatique, mon sac à dos… En me grouillant un peu, il faudra à peine deux heures pour faire l'aller-retour. Allez, on se tire. Élia agite la queue comme une fofolle. Je lui balance le dernier godiveau mais ce cadeau la perturbe. Elle n'aime pas les bonheurs insolites. Je lui gratte le haut du crâne et elle accepte quand même d'attraper la saucisse. Elle la secoue une seconde comme un gris-gris malfaisant puis, évidemment, à l'instant où je tourne le dos, elle gobe tout sans mâcher. Voilà, ma Pépète. On se tire, on se casse, on s'arrache.

5

Nuit...

Part du banal, part du vertige.

Blockhaus de la Sueur. Pas un souffle de vent.

La petite Élia court d'un rocher à l'autre sans savoir où donner de la tête. Elle n'a pas l'habitude de tant de calme, d'ombres portées, de luminosité pâle. On est seul au milieu de nulle part, à deux mille mètres d'altitude, devant des monticules de béton éclaté et grisâtre. On dirait de la craie, ce béton qui luit sous la lune, presque de la neige. La Ligne imaginaire serpente entre les fortins. Casemates par-ci, ferrailles par-là, mortier pourri, bulbes d'acier sortant de l'herbe rase. C'est beau, irréel, complètement désertique. En plus, y a personne. Les deux tourtereaux ont disparu.

Coup d'œil sur le versant italien de la Ligne, Vallée Étroite, mont Thabor, mont Flanette – j'aime bien ces noms –, avant de se glisser sous l'énorme bloc obstruant l'entrée ouest du blockhaus. Je passe devant et m'engage dans la galerie principale. Les parois sont friables, le sol encombré de gravats. Les tunnels menacent de s'écrouler mais je connais l'endroit par cœur et on file sans encombre jusqu'au premier croisement. Sitôt qu'on s'éloigne de la surface, la voûte se raffermit. Le gel et l'humidité n'attaquent jamais rien en profondeur. Trois minutes de descente et, ça y est, plus le moindre éboulis… Je bute sur une échelle à l'extrémité du boyau central, une trentaine de barreaux métalliques scellés dans la paroi, piqués de rouille mais solides et ancrés correctement. C'est par là qu'on montait les munitions avant d'aller au casse-pipe. Deux niches bordent le couloir, basses de plafond, avec des rangements, des étagères, des placards. Après ça, vertical, le puits… Six mètres d'ascension. J'abandonne là ma Pépète, me hisse le long des barreaux et atteins une couronne métallique en fonte, le socle de la tourelle. Je passe la tête à travers la couronne et, d'un coup de reins, me rétablis dans la casemate, sous les fenêtres de tir. La lune resplendit derrière les meurtrières. La montagne semble éclairée de l'intérieur. Même les ombres sont lumineuses. Les branches de mélèze oscillent dans le vent, la rivière luit tout en bas, en fond de vallée. J'en oublie mon Élia juste au-dessous, qui commence à gémir par petites saccades horripilantes. Elle pète de trouille, elle doit pisser partout. Je me penche dans le puits, la siffle et lui explique à mi-voix que je suis à la recherche de quelqu'un de très bien, une jeune fille probablement dans la merde qui a traîné par ici en début de soirée. Sauf que, finalement, y a personne. J'ai rien d'autre à faire que regarder miroiter la lune par les fentes de cette tourelle de bidasse...

Elle ne comprend rien, la saucisse. Elle s'en balance complètement, du rocher de la Sueur, de Camille et de ma tourelle en fonte. Je lui jette deux carrés de chocolat traînant encore au fond de ma poche. Elle les gobe sans arrêter de gémir. Je tape sur l'échelle. Ça résonne du haut en bas de la casemate, un vrai bourdon. Bizarrement, elle obéit, mon Élia. Elle déguerpit et cesse de brailler. D'un coup, j'entends plus rien. Ça m'inquiéterait presque, ce silence.

Je gravis les trois derniers barreaux et m'assieds à l'emplacement de l'ancienne mitrailleuse. Coup d'œil circulaire... C'est luisant et calme. La lune fait des ombres mielleuses, les montagnes sont accroupies, on aperçoit la frontière qui file dans le paysage et qui me rappelle – allez savoir pourquoi –, les rides sur la tronche de mon chartreux. J'attends cinq minutes dans le poste, le temps de rassembler mes souvenirs, de revoir la gueule mortifiée de ma première Élia derrière le billard du Café du Nord, puis les pieds de Camille apparaissant sous le caisson, puis les marches d'escalier dans le dos de

Sylvain, et enfin l'agrégé des douanes inspectant ma lampe de guerre… J'appuie le front sur le cerclage cranté. Le chartreux n'a pas tort. Faut arrêter avec la mémoire, c'est sûr. Cette tisane éventée ne diffuse plus que regrets et amertumes.

Je bascule dans le puits et dévale les barreaux de l'échelle en sens inverse. En quelques secondes je me retrouve au fond du boyau, devant l'alcôve aux obus. J'appelle ma chienne. Pas de réponse. Je balaie les parois du tunnel avec la lampe et découvre une autre cavité qui m'avait échappé la première fois, basse de plafond, pleine de graffitis. Quelques rails courent le long du mur de gauche. On y tient à peine debout. Le renfoncement devait juste permettre aux chariots de se croiser. Tout au fond, sous une niche en béton, je repère autre chose : un sac plastique avec un bout de concombre qui dépasse, des épluchures, des chips et un quignon de pain. Là, soudain, faut vérifier. Je me baisse, retourne le sac du bout du pied, inspecte l'intérieur… Le pain est encore frais, le paquet de chips à peine entamé. J'en goûte une ou deux au passage. Elles sont craquantes et bien salées. Je les laisse fondre pensivement dans ma bouche. Elles font penser aux hosties du curé. Le silence tombe autour de moi.

J'y suis jamais allé, à la messe du chartreux… Je m'appuie au fond de la niche et essaie de me rappeler ce qu'il disait à ses collègues au moment de la communion. Il leur répétait une drôle de phrase en leur tendant l'hostie. Un truc du genre : « Mange qui tu deviens. » Ou peut-être : « Reçois qui tu seras », j'en sais rien… En tout cas, il ne disait pas : « Le corps du Christ » comme tout le monde. Ça m'a toujours intrigué.

J'appelle la Pépète, qui ne répond toujours pas. Alors, je m'assieds et je récapitule… Ça fait deux semaines que je me balade à nouveau sur la Ligne. J'arpente mon bout de frontière sans me presser, à mon rythme, immergé dans le vent des cimes et la beauté omniprésente. Ce soir, je m'arrête au col de l'Échelle pour bouffer des godiveaux avec mon copain chemineau qui vient juste de croiser la fille de Sylvain, probablement en compagnie de la belle gueule aux chaussures jaunes. C'est Camille, aucun doute là-dessus… En plus, elle adore les concombres. Bon, ça ne m'enchante pas trop de découvrir qu'elle se balade ici avec le douanier alors j'arrête de récapituler, j'éteins la lampe, et faute de mieux, balance le quignon de pain dans le noir. Il rebondit bruyamment de l'autre côté du boyau central. Je bondis en arrière. Détends-toi, Coublevie ! Y a que deux choses qui foutent vraiment la trouille dans l'existence : l'amour et les transports en commun. Surtout pas les douaniers, les chips ou les concombres.

On connaît déjà les transports en commun. Ça sent le rat mort. On y crève de chaud, c'est interdit de se marrer, de se parler et de se regarder dans les yeux. *Forbidden* ! Défendu aussi de se toucher sauf quand c'est farci de monde… Bon, je m'en balance, des transports en commun. Ici, il y a deux ou trois vérités que j'évite de voir. Je triture le paquet de chips. Elles sont fraîches et croustillantes et j'en connais à coup sûr l'origine… Je les grignote en me disant que l'amour, au fond, n'est guère plus excitant que les transports en commun… C'est farci de monde là aussi, avec interdiction de se toucher, surtout au début, de se marrer et bien sûr, à la fin, de revenir sur ses pas… Soupir. Ça fait désordre, ces élucubrations de chemineau. Je siffle ma Pépète. Mon appel résonne dans les couloirs et, au bout d'un moment, la petite Élia se pointe ventre à terre, le quignon de pain dans la gueule. Elle veut pas le lâcher. J'éclaire. Quelque chose d'autre dépasse de ses babines, un papier gras qui ballotte et ne vaut pas tripette. Tout mouillé, le papelard… Élia se frotte contre ma jambe et dépose le tout devant le sac-poubelle, au milieu des épluchures de concombre.

Inutile de chercher plus loin.

Je balaie une dernière fois la niche avec la torche. Je repousse le plastique. J'en sais déjà beaucoup trop. Il est temps de rejoindre mon chartreux au col de l'Échelle. Ultime coup de talon dans la poubelle. Coup de projecteur alentour… Les souterrains du grand blockhaus se croisent et s'entrecroisent à l'infini et, moi, ici,

je voudrais tout aplanir. Sauf que ce fichu papelard ressort tout seul de la poubelle, graisseux,
humide, avec la petite écriture fine de l'agrégé
des douanes.

*Nous avons déjà expérimenté tant de choses… Le
désir nous a dressés l'un vers l'autre, puis éconduits
en quelque sorte…*

Etc., etc.

Rocher de la Sueur, 22 h 30. J'aurais jamais
cru que c'était pour elle, ce message… Je sors
de la casemate et retrouve la pleine lune qui
luit comme un fromage. Ma Ligne serpente
tranquillement d'un col à l'autre. Je décide de
couper droit dans les névés et là, évidemment,
après quelques glissades, je me paume. Une
demi-heure d'errance entre éboulis et langues
de neige. Finalement je remonte vers la falaise
en suivant un vague sentier obstrué de souches
d'arbres et de monticules assez bizarres. J'évite
comme je peux ces drôles de trucs. Parfois
j'enfonce mon pied dedans. Ça remplit mes
chaussures. Au bout d'un moment, à force, je
sens que ça me pique à l'intérieur. J'inspecte
la dernière butte, un cône terreux d'un mètre
trente de haut, sinistre et parfaitement conique.
C'est pas encore l'été mais elle est déjà énorme,
la fourmilière des Hautes-Alpes… Assez abjecte
aussi. Traîtresse et plutôt répugnante pour tout

dire. Pailleuse, poudreuse, regorgeant de fourmis fébriles qui bataillent en tous sens pour
récupérer leurs œufs. Je crois qu'elle m'écœure
autant que la queue frétillante de la belle gueule
au talon compensé... Je m'écarte du mélèze,
m'appuie contre le rocher juste en dessous, me
roule une clope et l'allume avec mon briquet.
Les paroles du type tournent dans ma tête. Je me
souviens de son sourire, de sa gueule d'ange, de
sa façon d'éclairer les jambes de Camille avec la
torche allemande. Ça fout la gerbe, des souvenirs
pareils... Je ferme le briquet – un Zippo zingué
des années soixante-dix, capuchon en cuivre,
molette crantée... J'ai la fourmilière devant le
nez. Je pisse dessus. Je balance des coups de pied
dedans, je me fais piquer à travers les chaussettes.
Au bout d'un moment ça m'énerve. J'attrape
une branche et choisis d'en finir avec ce mon-
ticule-là aussi, rempli jusqu'à la gueule d'œufs
minuscules et d'aiguilles de pin. Je fourrage avec
mon bâton, rassemble quelques brindilles et les
éclaire avec le Zippo. Ça s'embrase à la seconde.
La fourmilière crépite d'un coup puis se met à
flamber. La frontière s'illumine. Le monticule,
en moins de trois minutes, s'effondre sur lui-
même avec une belle odeur de viande. Je récupère la lettre qui pue le concombre, lis l'adresse
en haut à gauche, « rue des Trois-Mariées », puis
en fais une boulette et la jette dans le brasier.

6

Demi-tour fixe, changement de trottoir, arrêt net sur le pied droit. Il bruine à nouveau, les trottoirs luisent. C'est le printemps mais les premières chaleurs se font attendre… Quelques nuages frangés de blanc s'effilochent au nord de la ville, sous les remparts de Vauban. Je plisse les yeux. Deux secondes et demie d'hésitation… C'est beau, une fille en jean et en chemise de grand-mère, immobile au milieu d'un feu rouge, indécise, bras écartés dans la lumière grise de fin d'après-midi. Elle a un bonnet fuchsia sur la tête, un truc ringard des années quatre-vingt. Klaxons autour d'elle. Elle fait un bras d'honneur aux automobilistes puis s'élance sur le trottoir avec son sac en bandoulière. Elle dévale la rue, coupe les files de bagnoles, traverse deux fois sans regarder, saute un parapet et m'arrive droit dessus. Elle m'attrape le bras, enlève son bonnet, s'appuie contre mon épaule et chuchote qu'on est dimanche après-midi, qu'elle doit absolument me montrer le repas des salauds, que je suis trop naïf, trop bronzé et surtout trop brave pour continuer à avancer comme ça les yeux fermés au-dessus du vide… Trop brave, ça veut dire trop con, je le sais bien. Camille me lâche à la seconde et file s'occuper de ma Pépète, qui furète juste en dessous dans le caniveau. Moi, je reste bras ballants sur mon trottoir, non loin du cordonnier chinois, à renifler le parfum qui se dissipe sous les cieux de la ville, mélange de pain d'épices, de sueur et de marshmallow.

Les nuages commencent à s'effilocher. Clin d'œil à la Ligne invisible… Elle sent bon, ma Camille, et semble heureuse tout à coup. Grand sourire ! On rejoint la gare routière d'un pas alerte. Elle s'accroupit à côté de moi sous l'Abribus, renfile son bonnet, pose un coude sur mon genou. La chienne arrive ventre à terre et, sans penser à mal, se met à fourrager sous la chemise de grand-mère. Camille la repousse. Élia continue de l'embêter et, là, je décide de lui faire le coup de l'œuf de Pâques, à ma Pépète, un bon nœud pas trop lâche, pas trop serré, avec les deux oreilles. Aussitôt elle incline le chef d'un air bonasse et se rengorge comme une bourgeoise. La môme se marre puis fronce les sourcils et commence à défaire le nœud. En même temps elle fredonne un air déjà entendu au Café du Nord, « Plus ça va, moins ça va… », un truc du genre… Elle respire. Elle chantonne.

Je l'écoute tranquillement sans rien dire. Je la sens respirer contre ma cuisse. Voilà le boulot… Temps pourri sur Briançon, un bonnet fuchsia sur une tête de gamine, une chanson débile et une chienne avec un nœud sur la tête…

Plus ça va, moins ça va… Et si ça continue, faudra que ça cesse.

Évidemment, ça cesse… Élia en a marre qu'on lui triture les oreilles. Elle file entre nos jambes et va fouiller dans les massifs de fleurs. Tour de piste d'une plate-bande à l'autre, arrêt devant un trio de mémés, inventaire des crottes du week-end. Elle cavale derrière la gare, déniche une boîte de conserve et quelques papiers gras, rien de très intéressant. Elle revient penaude en se grattant l'arrière-train où des trucs sont restés accrochés, des piquants, des débris végétaux. Elle pose le museau sur mes genoux. OK, j'enlève les piquants. Je démêle son pelage et découvre une fleur accrochée sous son cou, à peine froissée, une petite rose pompon qui sent le miel. Au même instant, un car de touristes arrive dans le parking. Il ralentit entre les bornes de l'entrée puis se gare en épi face à nous. Camille regarde la porte du bus s'ouvrir avec son gémissement de ballon dégonflé. Moi, je lui offre la fleur. Elle est intacte, la rose pompon, à peine ouverte, délicate, avec un parfum délicieux… Camille recule d'un bloc au fond de l'Abribus. Elle arrache son bonnet, ébouriffe ses cheveux puis, dédaigneuse, écrase ma fleur avec le talon.

— J'aime pas les boutons de rose.

Elle jette un coup d'œil vers la pub et crache au sol. Je me sens plutôt gêné. J'y crois pas, à ce glaviot… Camille crache une deuxième fois devant les voyageurs en train de descendre. Une veine apparaît sur son front, elle crache une troisième fois en raclant les pieds puis elle éclate en sanglots. Les touristes se dispersent en regardant ailleurs. Le bus redémarre. Camille pleure. Finalement elle essuie sa joue, récupère ma chienne et essaie tant bien que mal de recommencer le nœud en haut de son crâne. Deux larmes brillent encore sur le menton de Camille. La chienne Élia bondit sur ses pattes et les gobe d'un coup de langue. Camille sourit une demi-seconde puis recommence à pleurer tout en essayant de refaire l'œuf de Pâques. Elle n'y arrive pas. Elle s'y reprend trois fois de suite comme si c'était la chose la plus importante au monde.

Il faudrait la consoler mais, là, j'ose pas. J'ai envie de me lever mais j'ose pas non plus. Je vois ses épaules de gamine tressauter sous la chemise de grand-mère. Elle se ronge les ongles, heureusement qu'elle se ronge les ongles, j'ai horreur de ça. Alors je chuchote juste son nom, Camille, calme-toi ma jolie, j'ajoute quelques mots qui devraient lui faire du bien, ardents et prometteurs pour les siècles des siècles. Timbale. Royauté. Je les prononce pour la forme, parce qu'elle me les a confiés autrefois, ces deux mots, du temps où je l'aidais à l'école. Je bredouille aussi Flanette, pas de réaction, puis je dis tout ce qui me passe par la tête : coma, godiveau, *no sport*, chérubin céleste. Elle renifle. Elle n'arrête pas de renifler. Arrosoir, cabriole, déçu en bien, même pas vrai, baron d'agneau, mari brico-leur… Elle finit par se moucher et arranger ses cheveux. Un sourire apparaît sur ses lèvres. Les larmes ralentissent. Elle a les pommettes rouges, toutes ballonnées. Je lui dis qu'elle ressemble à un bonbon dodu puis je plonge la main au fond de ma poche. Ça lui plaît, bonbon dodu. J'essuie ses larmes avec un vieux Kleenex. Elle se laisse faire.

— Je vais te montrer le repas de salauds.

— Quoi ?…

— Tu perds ton temps sur ta frontière, Cou-blevie… Regarde un peu autour de toi.

— Y a rien à voir.

Je balance le Kleenex dans la poubelle. À la seconde, un essaim de moucherons se met à vole-ter sous l'Abribus. Camille recommence à écraser les pétales de rose avec sa chaussure. Les mou-cherons se rassemblent au-dessus du couvercle. Je tape dans mes mains. Le nuage s'éloigne puis, d'un coup, plonge à l'intérieur de la poubelle. Camille, les yeux brillants, m'attrape l'épaule.

— C'est pareil avec nous !... On vole, on tournique, on agace, on se pose n'importe comment. Alors on nous chasse. On se pose à nouveau. On nous rechasse ! Ça vous dérange pas, vous, les mecs, qu'on bourdonne autour de vous comme des moucherons ?... Au final, c'est très simple, un coup de tapette.

— Quoi ?

— Un coup de tapette à mouches.

Ses chaussures raclent le sol.

— C'est un vrai pédé, ce type...

Camille a un soupir si malheureux que j'ose pas demander si c'est bien le douanier Tissot, la tapette à mouches... Elle s'appuie contre la paroi de l'Abribus et serre les poings. Un silence passe. On aperçoit comme une trouée lumineuse à l'ouest, vers le col du Lautaret, annonciatrice de beau temps. Une bande bleu clair, toute perlée de rose, striée de reflets cuivrés. Je recommence à lui décrire ma frontière, les montagnes qui ondulent sans fin entre l'Italie et la France, les bornes de granit à chaque kilomètre et puis, bien sûr, mon pote Jean, l'ancien chartreux qui arpente la Ligne de l'autre côté. Je précise qu'il est âgé et maigre. Camille me regarde tristement. Elle glisse sa main dans la mienne, un contact inquiet, paume contre paume, comme un toucher sans conséquence. Elle sent que ça me gêne un peu, cette demi-caresse. Enfin, ça me gêne pas complètement. Ses ongles rognés me dégoûtent et je remarque un deuxième truc : la chemise de grand-mère est déchirée, la manche droite raccourcie, recousue bizarrement. Camille n'arrête pas de triturer l'ourlet.

— Tu as encore ta mère, Coublevie ?

— Elle est morte jeune. J'ai plus trop de souvenirs.

— C'est mieux comme ça.

— Tais-toi, Camille !… Ta maman était magnifique. Elle a fini comme une reine, fière, courageuse, accrochée à la vie avec une détermination et une énergie qui ont surpris tout le monde.

— Pas mon père.

Silence. Elle serre mon doigt. J'essuie la sueur qui vient se nicher là, au creux de nos paumes. Camille récupère son sac et son bonnet. Dans la foulée, comme si ça n'avait aucune importance, elle chuchote que sa grand-mère a dû sacrément souffrir avant de claquer… Elle est restée une demi-journée à gémir et à se tordre au fond de son fauteuil. Elle agrippait ses habits. Elle les serrait si fort qu'il a fallu couper la manche de sa chemise pour déplier ses doigts et retirer les bagues. Camille désigne sa manche recousue et ajoute que son père déteste quand elle porte cette chemise. Donc, elle la porte tout le temps… Son visage se crispe puis elle déclare que le bonnet fuchsia appartenait aussi à la vieille. J'approuve silencieusement. On regarde tous deux la bande de ciel au loin, perlée, striée de rose. On se lève sans un mot, on quitte l'Abribus et on suit le chemin de ronde menant à la citadelle.

Ça ne l'intéresse pas trop, Camille, la citadelle… C'est elle qui décide tout aujourd'hui. Elle bifurque soudain vers la droite et me tire dans une petite rue que je n'avais jamais remarquée, très étroite, avec des poubelles à l'entrée et un nom qu'on n'oublie pas, tu parles, la rue des Trois-Mariées… On arrive devant un porche donnant sur un lavoir à moitié vide. Une lavandière en stuc tend les mains au-dessus de l'eau, avec un long bec de cuivre glissé entre ses doigts. Ça m'intrigue tout à coup, cette statue, cette fontaine qui ne coule plus… Je descends au lavoir, caresse la statue, cherche le robinet derrière son dos. C'est lisse, c'est beau, c'est bien fait. Camille me rejoint et me voit effleurer la nuque et les épaules de la lavandière d'un air songeur et mélancolique.

— Vas-y, vous pétez de trouille, vous, les mecs !… Vous posez vos doigts n'importe où. Vous puez le désir et, voilà, vous vous débrouillez pour transformer tout ça en douleur. Ça nous attendrit, la douleur. On a envie de vous prendre dans nos bras, vous protéger.

Je m'écarte.

— Qui peux-tu bien protéger, Camille ?

— Tout le monde. Toi pareil.

— Comment ça ?

— Tu te la joues solitaire mais t'as besoin de moi comme les autres... T'attends juste que je te protège.

Je ne réponds rien, jette un coup d'œil à l'eau stagnante puis tâtonne sous la fontaine à la recherche du robinet. Je finis par le trouver. Il tourne à vide... Camille me fixe avec des yeux si confiants que je m'assieds à côté d'elle sur la margelle.

— On aime la tristesse, nous, les filles. C'est idiot mais c'est comme ça. Finalement c'est vous qui souffrez le plus. Alors on vous serre dans nos bras. C'est par là qu'on vous gagne. La gentillesse.

Je regarde le ciel qui s'assombrit derrière elle.

— On a la peau gentille, Coublevie. On a le ventre doux. Le ventre doux et peureux mais vraiment gentil.

— Arrête, Camille !

Un chat déboule dans nos jambes. Il s'arc-boute, s'immobilise d'un coup puis, patte droite levée, fixe intensément un couple de pigeons qui vient d'atterrir sous le porche avec un froissement d'ailes.

— Quand je pense qu'il est douanier classe A, ce mec !

Les pigeons se dévisagent puis se dandinent l'un en face de l'autre en gonflant leur jabot. Le chat se met à ramper sur le sol. Je le suis des yeux. Son corps est tendu comme un arc. Camille se lève en poussant un soupir.

— T'aimes vraiment observer les animaux, Coublevie…

Je marmonne que je ne comprends rien à la vie des hommes. Camille hausse les épaules. Le chat, sans raison apparente, fait soudain demi-tour et s'assied tranquillement sur la margelle. Il entreprend de se lécher les pattes. Alors Camille s'accroupit également. Elle se penche vers la surface et brouille son reflet du bout des doigts. Après une hésitation, elle plonge son poignet dans l'eau croupie, puis son avant-bras, puis son bras tout entier. Ça se met aussitôt à puer. Elle reste un bon moment ainsi, remuant la vase comme si elle cherchait quelque chose. Elle ne ramène rien, sinon un paquet de cigarettes dégoulinant, qu'elle pose à côté d'elle. Je crains qu'elle ne se remette à pleurer mais non, ça va, elle caresse le chat. Elle contemple son bras trempé avec un sourire lointain puis se met à ôter très méticuleusement les lambeaux d'algues, les bouts de végétation, les détritus… Elle nettoie tout. À la fin, elle saute sur ses pieds, repousse le chat, jette un regard dédaigneux à la lavandière et me répète à voix basse que c'est sûrement un pédé, ce mec.

— En plus il adore les proverbes… S'il était ici, il nous en balancerait un, son petit dernier probablement. Tu le connais ?

Je hausse les épaules en secouant la tête.

— « Y a que l'eau qui dort qui noie. »

Elle serre les poings puis redit la phrase en se marrant. Moi, je me marre pas. Elle a le chic pour me désarçonner, cette gamine. La nuit tombe. Je ne comprends pas du tout ce qu'on fabrique ici.

7

Pas très engageante, la rue des Trois-Mariées… La flèche de la cathédrale pointe au-dessus des toits de la vieille ville. Les immeubles luisent, hérissés d'antennes et de cheminées en brique. Il fait nettement plus froid. Camille marche en serrant les bras sur sa poitrine. Élia trottine derrière nous. On longe des façades borgnes, rideaux métalliques tirés jusqu'au sol. Des bruits de télé nous accompagnent d'une entrée à l'autre. Camille dépasse une sorte de venelle qui descend en zigzag jusqu'à la rivière et, vingt mètres plus loin, sort un trousseau de clefs de son sac.

Portique en béton, volet en fer, peinture rouge écaillée, couloir, compteurs EDF… Un appentis aux poubelles qui pue le poisson et, juste derrière, un escalier à vis avec main courante et plaques professionnelles en cuivre. Camille tâtonne pour trouver la minuterie. Un néon se met à grésiller sous le portique. Je déchiffre les plaques en cuivre, assez surpris de découvrir en ces lieux un huissier de justice, un transporteur et une infirmière libérale… On traverse la voûte pour rejoindre une sorte de cour encastrée dans la colline, bordée d'un ancien atelier de menuiserie apparemment aménagé en loft. Camille me prend le bras et me tire vers une zone d'ombre sur la droite. La cour est éclairée par la verrière du loft. On avance vers d'anciennes toilettes nichées au pied de la falaise, deux box contigus peints en vert, avec une porte en contreplaqué et, tout en haut, un petit cœur découpé dans le bois. De vraies chiottes des trente glorieuses. Je passe l'index dans le cœur, tire une targette et ouvre le battant d'un coup. Camille fronce les narines. Ça sent rien… Juste l'humidité, le renfermé, la terre battue. C'est bourré d'outils et de produits de traitement. Je fais un pas à l'intérieur et bute sur un siège vermoulu, un trône sans chasse ni locataire, haut sur patte, émoussé, trois binettes plantées au beau milieu.

Ça me fait sourire, ces manches d'outils qui jaillissent de la lunette. Puisqu'il s'agit d'une menuiserie désaffectée, j'envoie ma grosse blague : « Apprentis charpentiers, une minute aux chiottes maximum ! La courante sinon rien… » Camille me scrute d'un air perplexe. Je rigole, repousse le cœur avec l'index et lui dis que c'est une contrepèterie. De toute façon, la philanthropie des charpentiers, personne n'y comprend rien… OK, je ne la fais pas vraiment marrer.

C'est du recuit, l'histoire de la tripe en folie de l'apprenti partant chier, ça sent le potache des années quatre-vingt. Camille ne sait même pas ce que c'est qu'un potache. Une contrepèterie non plus. Je lui explique tant bien que mal puis me renfrogne dans mon coin et décide de rester bien tranquille au pied de cette colline qui sent la sciure, avec ces WC sans occupant et ma chienne Élia qui furète entre les arrosoirs et les produits fongicides. J'ai ce foutu loft et cette foutue verrière sous les yeux ! Je suis bien obligé de la regarder, la verrière. Elle monte jusqu'au toit. Camille me dévisage une seconde puis se serre contre moi.

Une table est dressée juste en face de nous, de l'autre côté, en pleine lumière, avec une nappe en tissu, des bougies, des verres à pied, des bouteilles de vin, de la musique, des amuse-gueules et, sur le devant, un groupe de fêtards reconnaissable entre mille… C'est les retrouvailles du dimanche soir. Ils sont tous là, mes blaireaux, tous descendus à la queue leu leu du Café du Nord pour ce que j'imagine être leur repas hebdomadaire. Tous présents au petit dîner de salauds : Sylvain, le bistrotier déçu en bien ; mon ami le douanier Tissot ; Mounir, le garçon de café taciturne ; l'ancien receveur Tapenade et, en bout de table, une esthéticienne blondasse, rondelette, la quarantaine, qui lève son verre à qui mieux mieux et qui trinque toute seule. *No sport…* Ils picolent comme des rats.

Camille tend à nouveau le doigt et me désigne l'étage du dessus plongé dans la pénombre. Peut-être qu'elle désigne le croissant de lune en train de percer les nuages, ou les montagnes au loin frangées de blanc, ou la vieille citadelle et ses toits hérissés d'antennes… Non, son index pointe le second niveau du loft, deux pièces plongées dans le noir qu'on distingue à peine derrière les vitres. Au bout d'un moment quelqu'un passe la tête dans l'escalier. Une applique s'éclaire dans son dos. La personne traverse un couloir et entre dans ce qui ressemble à une salle de bains. Elle commence à se déshabiller. Un peu de lumière filtre depuis la chambre et on devine que c'est une silhouette féminine. Elle se penche au-dessus de la baignoire, sorte de vieux tub en zinc trônant de guingois sur quatre pattes de griffon. Deux mètres de long, autant de large, un de profond. *New style.* On jurerait une baignoire d'architecte. Je me gratte le bide dans la courette. Tu t'y connais, toi, Coublevie, en tub des années trente ?… C'est sûrement pour Sylvain, ces pieds en fonte. Les bistrotiers adorent les vide-greniers et sont jamais contents de rien. Ils veulent tout : la vaisselle d'occasion, les nouveaux clients, les bonnes affaires, l'art déco, les copains du dimanche et peut-être bien une femme à poil, en effet, se baignant au-dessus de leur tête… Sauf qu'elle n'intéresse personne, la visiteuse. Sylvain Taliano reste bien tranquille dans la pièce du bas. Il préfère boire des canons le bide à l'air et parler politique avec ses potes.

— T'as remarqué la baignoire, Camille ?

La môme acquiesce en disant qu'elle s'y est déjà plongée une fois... Elle se mord les lèvres. Je m'en fiche de sa bouche mordue et de son premier plongeon. De toute façon, y a du nouveau. La femme achève d'ôter ses habits... En bas, on jacasse, en haut on lève la jambe. Les orteils tâtent la surface de l'eau. Le mollet suit. La cuisse suit. Peut-être que je débloque mais j'ai l'impression de tout deviner à l'avance. Tout ce qui suit et tout ce qui s'ensuit...

C'est la vie. Au rez-de-chaussée, on rigole, les invités sirotent leur pousse-café sans se soucier de ce qui trempe au-dessus de leurs têtes mais, à l'étage, le pied remonte. La jambe aussi. La hanche s'appuie un instant contre la vitre et les cuisses s'entrouvrent. Stop ! On ne commente pas, Coublevie ! On ne cherche pas à comprendre. On ne pense pas au petit pinceau, à la vipère de broussailles... La fille plonge à nouveau le pied droit, puis l'autre, puis reste une seconde au-dessus du bac rempli d'eau. Ses cuisses commencent à se replier. Je crois bien les reconnaître. Les mains s'appuient sur le rebord, les fesses descendent. Je crois les reconnaître aussi. Elles se déforment un peu, les fesses. Les doigts attrapent le savon et mon Élia disparaît complètement sous la surface, ses cheveux collant à la paroi du tub. Ça fait comme un baiser de peau, un baiser au-dessus de ces putains de fêtards qui s'en balancent.

Sylvain Taliano se gratte la commissure des lèvres. Tapenade triture sa tignasse en surveillant du coin de l'œil la pétasse esthéticienne. Un silence envahit soudain la pièce. Au bout d'un moment l'agrégé des douanes se lève, contourne la table et rejoint l'escalier. Les convives l'encouragent bruyamment. Il gravit les premières marches d'un pas mal assuré. Il arrive péniblement à l'étage. Ses épaules sortent l'une après l'autre de la trémie d'escalier. On ne le lâche pas des yeux, Camille et moi. Il traverse la première chambre, s'engage dans le couloir, longe la cloison, pousse la porte de la salle de bains et déniche l'interrupteur. Cette fois, tous les plafonniers s'allument en même temps et la lumière inonde l'étage.

Oui, c'est elle. C'est elle, avec ses longues jambes et ses beaux seins pointus que je n'ai pas su aimer jusqu'au bout. Je broie la main de Camille. C'est bien elle qui se prélasse là au-dessus. Je la reconnais à la seconde. Sa main tâtonne le long du tub à la recherche d'un gant de toilette. Elle a dû laisser ses lunettes en bas sur la table. OK, c'est fini. On se barre. On quitte les chiottes de l'apprenti charpentier. Les yeux me brûlent. Je balance un coup de pied dans l'arrosoir. Y a un peu d'eau à l'intérieur.

74

Ça éclabousse les binettes, les produits de traitement et même les baskets de ma Camille, qui me tire vers la sortie. Elle m'aide du mieux possible, Camille… Je me retourne une dernière fois. L'autre pétasse est debout devant la belle gueule qui dégrafe son pantalon. Elle est à poil, mon amoureuse des jours heureux, bien campée sur ses pieds. Elle se lève dans la baignoire en zinc puis attrape le gant et s'astique le ventre. L'agrégé des douanes achève de se déboutonner. Il n'en perd pas une miette, ce fumier. Elle plonge à nouveau dans l'eau. J'aperçois sa main qui récupère le savon. Elle se redresse puis se nettoie les cuisses d'un mouvement très doux.

8

— Tu crois en Dieu, Coublevie ?

Camille me tire vers la sortie sans me laisser le temps de répondre. Elle se retourne et bougonne que c'est ça qu'il fallait me montrer, une bande de tordus qui fricotent ensemble depuis des mois et qui se fichent royalement de ma gueule. Ça les fait vraiment marrer de me savoir sur la frontière. Camille m'arrête d'un geste, me tend son paquet de Kleenex et répète que c'est des enflés, des connards. J'attrape les mouchoirs. J'essaie de lui sourire. On s'appuie l'un contre l'autre et on traverse la voûte en béton avec le néon qui grésille.

— Tu crois en Dieu, Robert ?

Je m'essuie les yeux puis jette les mouchoirs dans la poubelle qui pue.

— Sur la Ligne, peut-être que oui.

Elle s'arrête une seconde.

— Moi, je m'en balance complètement.

Elle hoche la tête, se poste sous le portique et écarte résolument les bras.

— J'ai pas le temps de m'en occuper.

Elle tend la jambe en travers du passage, s'appuie contre les boîtes à lettres et commence à triturer son téléphone portable en m'empêchant de passer.

— Arrête, Camille !

— C'est pas Dieu qui importe, c'est ce truc-là, le téléphone. On passe notre vie à le tapoter, le guetter, le consulter et, dès qu'il reste muet une demi-heure, on pète de trouille. On a vraiment peur qu'il reste silencieux. Avec Dieu, le silence, quand même, on a l'habitude.

Elle se fiche de ma gueule, la môme. C'est bizarre, des phrases pareilles.

— Au fond ça nous arrange, toute cette trouille…

Elle soupire puis me fixe avec des yeux tellement tristes que j'hésite à avancer. Qu'est-ce qu'elle mijote en bloquant le portail avec sa jambe ? En plus, je ne comprends rien à ce qu'elle raconte. J'ai envie de retourner rue Flandrin et de me mettre au lit… Je finis par lui attraper le bras, pousser le battant d'un coup et la tirer violemment à l'extérieur. Elle trébuche sur le trottoir. On remonte d'une traite la rue des Trois-Mariées, chacun de notre côté. Elle balance des coups de pied dans les poubelles. Moi, dans les lampadaires et les rideaux métalliques. J'accélère. J'ai envie d'être seul et de me recroqueviller sur un banc. La frontière me manque.

Cathédrale Saint-Sauveur, route d'Embrun, parvis de la gare routière.

Je marche de plus en plus vite. La gamine me suit en courant. Carrefour de la ville basse… Ma chienne se met à gémir au moment de dépasser la rue Flandrin mais on s'en fiche. Je rejoins l'avenue de la République avec ces deux femelles qui halètent dans mon dos. Le Café du Nord est tout au bout, fermé le dimanche soir. Les platanes autour de la place n'ont plus tout à fait la même allure, peut-être qu'ils commencent à bourgeonner, sait-on jamais… Quelle importance ? J'abandonne Camille dans la ruelle derrière le bistrot, devant la porte permettant de rejoindre directement sa chambrette au-dessus du bar. On ne se salue même pas, juste un geste de la main, un truc de papillon, les doigts qui s'écartent une seconde le long de la cuisse. Je repars rue Flandrin avec mon Élia dans les talons et l'autre salope du même nom qui me poursuit.

Vers la fin de la nuit, bien sûr, je retourne dans l'impasse.

Je remonte la rue des Trois-Mariées, dépasse la venelle qui rejoint la rivière. J'avance tout doucement. J'écoute le bruit de mes pas. Il fait froid. On entend le ronronnement des camions au loin sur la route du Lautaret. Quatre heures sonnent au clocher de la cathédrale. Quatre heures… Je m'arrête sous le portique. C'est ouvert. Je retrouve la voûte en béton avec le néon qui grésille, les boîtes à lettres, l'appentis qui schlingue la morue salée, la courette et le loft du charpentier plongé dans le noir comme je m'y attendais. Je traverse la cour et entre sans hésiter. Personne. La porte n'est même pas verrouillée, les chaises sont alignées contre le mur, la table desservie. Sur la desserte de la cuisine traîne un objet que je ne pensais plus revoir, ma lampe de guerre, mon beau talisman avec mes initiales gravées à l'intérieur. Je le récupère au passage. Tout est bien propre, bien rangé, nickel. Les bougies ont disparu, les bouteilles aussi, la nappe est pliée, rien ne dépasse. La vaisselle est faite.

Je monte l'escalier. Personne à l'étage non plus. Je traverse la première chambre et file direct jusqu'à cette salle de bains qui m'intrigue… Reste juste à examiner la baignoire en zinc avec les pattes de griffon. Je trouve l'interrupteur, éclaire l'abat-jour dans sa niche, pousse la porte de communication et bondis en arrière. On n'y voit pas très bien mais, au pied du tub, il y a quelque chose qui ne va pas. Je brandis ma lampe kaki et presse la poignée. Ça chuinte impeccablement à l'intérieur. Je balance un coup de projo et claque des dents à la seconde. Pas de chaise, pas âme qui vive, personne au-dedans comme au-dehors, pas la moindre explication. Tu peux bien éteindre la lumière, Coublevie, il reste toujours cet homme étendu devant la baignoire, un vrai mort aux yeux grands ouverts, au corps plutôt long, cheveux courts, figure grise, figée, grimaçante. Il est vraiment à plaindre, notre agrégé des douanes. Sa main est agrippée à la paroi, sa bouche entrouverte, sa jambe droite repliée contre le pied en fonte. Je presse une seconde fois la poignée de ma vieille lampe de guerre. La dynamo chuinte, la lumière fuse à nouveau… C'est bien lui qui gît devant moi sur le carrelage, mort, à poil, la nuque basculée en arrière comme si elle venait de frapper le rebord de la baignoire en fonte. Je pose la lampe et m'agenouille pour examiner l'ecchymose à son cou. Je me relève. Je tourne les talons.

Accident ?… J'en sais rien et ça n'a pas d'importance. Pauvre Tissot. Je devrais déposer quelque chose sur son corps, un drap, une serviette, cacher un peu sa nudité mais le temps presse et je commence à avoir peur. Il faut ficher le camp. C'est pas malin de traîner dans les parages. Je referme mon anorak et sors à grands pas. Dehors, il fait de plus en plus froid. J'aperçois un dernier truc en traversant la courette au pas de course, un détail pour toi, ma Camille. Pour toi seule… Écoute, tu ne voudras pas le croire mais il s'est mis à neigeoter. Je pensais que le printemps pointait son nez mais non, à cette heure précise de la nuit, il neige sur la plus haute ville d'Europe. Ça tourbillonne… Les flocons virevoltent au-dessus des toits, éclairés par un croissant de lune magnifique. Quelques-uns basculent vers l'impasse. Ils se culbutent, s'écartent, se rejoignent entre la verrière et le mur de l'immeuble pourri. Je lève les yeux, je regarde les flocons courir le long de la façade, frôler la véranda, frôler les boîtes à lettres, vire-volter dans la courette et, de temps à autre, vois-tu, sans le vouloir, ils glissent vers le vieux chiotte des ouvriers charpentiers et s'enfilent un à un dans le petit cœur en bois.

9

C'est beau, la Ligne, un vrai miracle.

Y a que ça qui reste au bout du compte. La neige fond, les fleurs pointent leur nez par centaines, l'eau serpente au creux des vallons, tout redevient vif et lumineux, les combes débordent de ruisselets qui brillent au soleil. Les versants sud, le matin, regorgent de narcisses, de gentianes, de sabots de la Vierge, d'anémones… Certaines ravines sont encore toutes pelées et jaunasses mais on aperçoit au fond un petit névé qui zigzague, nacré, époustouflant. Val de grâce, val touffu… On avance pas à pas chaque matin de ce monde étrange. On marche. On regarde autour de soi et on reprend confiance. On se méprise moins. Parfois, pour se reposer, on s'abrite sous un chêne. Il y a très peu de chênes dans le secteur de la Ligne mais chacun d'eux, même le plus vieux et le plus vénérable, si on y réfléchit bien, a été un jour un pauvre gland… Comme nous tous… Ça rassure, pas vrai ? La frontière nous accueille. Le pays est en paix. Mon sentier s'allonge d'une nation à l'autre, calme, impassible, lumineux.

Je grimpe à l'aplomb du village de Plampinet et de son église minuscule. Toits de bardeaux, pont à l'entrée, pont à la sortie, maisons collées les unes aux autres avec un clocheton au milieu. C'est beau. C'est simple comme bonjour. Je m'arrête au bout d'une heure et demie devant un col tapissé d'herbe et d'aiguilles de pin, et j'attends mon pote. Simple comme bonjour d'attendre… Est-ce qu'on doit rester simples, nous, les chemineaux de la nuit des temps ? Et que dois-je faire, maintenant, avec ce cadavre de belle gueule au fond de l'impasse de la rue des Trois-Mariées ? Je rejoins mon chartreux sur notre frontière mais la dépouille de cette nuit me hante. Elle m'effraie. Elle me fait penser à d'autres disparus, peut-être d'abord à ma mère… Les nouveaux morts, à leur manière, se débrouillent toujours pour convoquer les anciens. Ils nous rafraîchissent la mémoire. Ils nous rappellent à l'ordre.

Elle avait de gros sourcils, ma mère, des yeux en amande, une peau luisante. Elle ne buvait jamais. Elle trouvait le vin trop acide, le whisky trop coûteux et la bière trop amère… Ses copines avaient beau clamer qu'un verre de temps en temps, y a pas de risque, c'est bon pour le moral, ça nettoie les tuyaux, elle haussait les épaules et buvait de la limonade. Moi, je sautais sur ses genoux, je me blottissais contre elle pendant qu'elle sirotait sa limonade. J'aimais beaucoup ses yeux allongés. Je me blottissais sur son ventre, je la chatouillais et ses yeux se mettaient à rire avant sa bouche. Ma mère si chatouilleuse rigolait comme une Chinoise. Ses paupières se fermaient complètement. Deux gros sourcils avec, en dessous, des petites fentes de joie pure. Voilà… Elle est morte à trente-cinq ans d'une cirrhose, j'ai jamais su comment ni pourquoi, elle qui n'avait jamais avalé une goutte d'alcool. Je me souviens de la douceur de ma mère quand j'étais enfant. Je repense à sa douceur et à celle de toutes les autres femmes. Ma mère est morte au tiers de sa vie sans comprendre ce qui lui arrivait, après trois mois de solitude et de mal au bide. Faudrait peut-être commencer par ça, le grand foutoir intime, les peines inconsolables, les disparus qui poussent chacun à se retourner vers l'enfance, à chercher des coupables.

Je m'assieds en plein soleil, et décide d'ôter mes godasses. Tant pis si ça pue. Je bois un coup de flotte puis m'allonge dans l'herbe. Au bout de quelques secondes, je dors. Un peu plus tard le soleil se met à taper vraiment et ma Pépète commence à gigoter. J'ouvre à demi les yeux. Élia saute sur ses pattes, grogne, aboie une demi-seconde puis, museau tourné vers la frontière, se fige sur l'arrière-train en agitant la queue. J'entends du bruit côté italien. Quelques caillasses déboulent... Normal. Le versant est raide là-dessous, l'éboulis interminable. Au bout d'un moment, le crâne lisse de Jean apparaît entre deux mélèzes. On se tombe dans les bras.

Il me regarde intensément.

— T'as l'air crevé, Robert...

Je le regarde intensément de l'autre côté de la Ligne.

— Toi aussi, chartreux.

On s'embrasse comme du bon pain. Mon pote curé marmonne qu'on devrait être sur le gril à cause des fleurs qui pointent leur nez partout et des marmottes qui se réveillent. Je hoche la tête puis lui annonce que j'ai un mort sur les bras... Il répond qu'il le sait déjà... Et voilà, vendu, on file à l'essentiel : les perce-neige, les cols d'altitude de nouveau praticables, les rivières qui débordent, la gadoue, la douceur de l'air et même la douceur tout court, sans rien d'autre. Quelque chose comme une déclinaison, dit-il, de l'érotisme. Déclinaison, mes fesses. Je le laisse démarrer sur ses grands sujets, je les connais par cœur, les sujets du curé. Il s'assied sur un caillou plat, fixe le blockhaus des yeux et regrette à haute voix de ne pouvoir l'explorer côté français. Je lui tends ma gourde. On grignote un biscuit. Il soupire, débouche son litre puis me raconte qu'il y pense tout le temps, à sa lingère, celle qui l'a dépucelé à seize ans... Eh oui, il y pense trop. La belle Italienne, on s'en souvient. Sourcils broussailleux, sexe broussailleux, cheveux en pétard, gorge de libellule, voix de louve éraillée qui semble sortir direct de l'entrecuisse, rouge à lèvres, petits nichons dorés, tablier de repasseuse, brune aux yeux bleus, plus folklorique tu meurs.

— Ça rend hagard.

Je hoche la tête. Le printemps le travaille, mon chartreux.

— Le souvenir rend hagard, Coublevie. Le souvenir du baiser, mais pas celui de la pénétration. La pénétration, ça ensorcelle. Et l'éjaculation, mon vieux, ça dépite...

Il continue en clamant que sa lingère se triturait le clitoris après l'amour, qu'elle chantait des trucs de son pays natal et même, parfois, qu'elle descendait à poil au jardin du monastère pour lui ramasser un bouquet de fleurs mâles.

— Fleurs de courge, vieux !... Elle plongeait les fleurs mâles dans la pâte à frire et en faisait des beignets. C'était sa spécialité, les fleurs mâles dans l'huile bouillante !

Je me baisse et arrange mes lacets d'un air contrit.

— Les stériles, quoi... Celles qui font jamais de fruit. Elle avait la main verte, crois-moi. Elle binait tout le potager après la lessive du mardi et du vendredi, nettoyait les semis, démariait, triait les fleurs mâles. Ça favorise la fructification, d'ôter ces hybrides… Et le soir, en début d'été, elle me cuisait des beignets au goût d'anis et de fleur d'oranger. Alors je m'occupais de ses cuisses rondelettes. Elle adorait ça.

— Arrête, Jean. C'est plus pour nous, ces trucs-là.

Il a l'air soudain très triste.

— Tu ne fais plus rien, toi ?

— Non…

— Rien de rien ?

Je secoue la tête. Contrarié, le curé. Je m'assieds face à lui et décide d'aller dans son sens. Je raconte trois conneries. Je lui murmure que Camille a des seins ronds et durs comme des galets, des fruits défendus plantés bien haut, avec des pointes roses et une peau gonflée tout autour, blanche et crayeuse. Sourire complice… J'invente, évidemment. Je lui dis qu'en bas son sexe est sûrement tout bouclé et que, misère, personne ne saura jamais comment s'y prendre là en face, surtout pas nous… Il plisse le front. Je lui dis ensuite que ma première Élia a baisé avec Tissot, le douanier mort. Il secoue la tête sans du tout se marrer. J'ajoute qu'elle a sûrement baisé avec plein d'autres types, je sais pas trop qui… Il opine du chef. Je change de ton pour dire qu'on risque de me suspecter. Il opine à nouveau mais, soudain, saute sur ses pieds et se met à ranger son matériel à toute vitesse. Je comprends à la seconde. Les choses s'accélèrent… On entend un bruit d'hélico dans la vallée. Je me lève d'un bond.

L'hélico se rapproche. Le chartreux aboie comme un clébard et dégringole vers l'entrée italienne du grand blockhaus. Je le vois courir à travers le pierrier puis se casser en deux pour passer sous les blocs de béton. Ça me fait peine. Côté français, c'est plus facile, l'entrée n'a jamais pris de bombes. Je dégringole en parallèle avec Élia. Nous voilà disparus tous les trois avant même d'être localisés. Planqués, éclipsés, innocentés… La flicaille est bredouille. En plus, on sait parfaitement comment se rejoindre dans le réseau souterrain. Pour moi, suffit de longer le boyau de gauche après la grande patte-d'oie, contourner une porte en tôle à demi disloquée et, là, après le coude, derrière un éboulis, rejoindre la muraille en béton soutenant l'ancien dépôt de munitions du fort italien. Au milieu de ce fouillis, la frontière… Même ma bâtarde connaît le dédale des boyaux du col des Thures, fameux en son temps. Sauf qu'ils s'en balancent, de nos couloirs et de nos labyrinthes, les inspecteurs des douanes… Ils traquent quelqu'un d'autre.

L'hélicoptère vient d'atterrir mais personne n'en sort. Les pales ralentissent sans s'immobiliser tout à fait. C'est un signe. Y a sûrement des sous-fifres là-bas dedans qui tuent le temps comme ils peuvent devant les sommets enneigés des Hautes-Alpes. La turbine arrête de mugir. Je surveille le cockpit planqué derrière la meurtrière du blockhaus. L'hélico est à moins de quarante mètres. On les voit parfaitement, nos amis les bêtes. Ils se préparent, s'habillent, nouent ensemble leurs cache-nez. Sauf que c'est une passagère qui ouvre le bal, pas du tout un maître-chien, juste une jeune et jolie passagère qui pousse la porte en Plexiglas, saute sur le patin de l'hélico, cheveux au vent, en se marrant comme si elle débarquait dans sa cuisine. Je me régale. Elle bondit sur le sentier et leur crie de se grouiller. Elle est chez elle, la môme… Bravo, ma Camille ! T'es vraiment impressionnante au milieu de ces verrues. Tu tournes deux minutes autour de l'hélico, scrutes le fortin du col des Thures comme si t'avais deviné qu'on se planquait à l'intérieur. Les autres descendent avec leur cache-nez et ta sacoche rouge. Tu récupères la sacoche, la jettes sur ton épaule… Crâneuse. C'est bon, je ne comprends rien à ce débarquement d'altitude mais t'as gagné. Je te balance la Pépète.

Ma petite saucisse bondit sur ses pattes et, en moins d'une seconde, se carapate dehors. Moi, je recule à l'intérieur. Noir complet, tunnel, patte-d'oie, éboulis… Il faut ramper un peu, ça vrille le dos. J'arrive à la grande salle, m'appuie contre la muraille pourrie qui me sépare du chartreux, m'accroupis et le mets au parfum. Il m'écoute sans réagir. Je lui gueule qu'ils ont attrapé Camille. Silence… On se croirait dans un confessionnal. Je lui dis qu'ils vont sûrement aller enquêter du côté du rocher de la Sueur vu que c'est impossible d'atterrir direct là-bas. J'ajoute que je suis inquiet pour Camille.

— Quelqu'un a dû la repérer l'autre soir avec Tissot.

Il ne moufte pas.

— Tu les as bien vus, toi…

Je l'entends qui tousse derrière sa muraille, à moins d'un mètre. Il recommence ses conneries.

— Le baiser rend hagard, la pénétration ensorcelle.

Là, vraiment, j'en ai ma claque. C'est le pinard qui lui reste sur l'estomac. Il embraye à nouveau sur la lingère de ses seize ans et sur ses jardins de curé.

— Les fleurs mâles, on les attrape par la tige, on les trempe dans la pâte et on les jette comac dans l'huile bouillante. Cuisson immédiate. Après ça, on croque !

— Bonjour la symbolique…

Il hausse les épaules.

— Tu comprends rien, Coublevie… Et, en plus, mon vieux, t'es dans la merde.

Il pète un peu trop haut, mon curé ! Pour faire genre, je lui balance une mauvaise blague de ma composition sur les chartreux pétant si haut qu'ils prennent leur slip pour un chapeau. Pas de réaction… On reste plantés de part et d'autre de la muraille en béton, le temps pour moi de regretter ma plaisanterie. Après, plus le choix, on se tire chacun de notre côté… Lui part vers le sud et moi vers le nord. Il me salue vite fait, me souffle de faire gaffe et me donne rancard dans une dizaine de jours au col du Mont-Cenis. Je le rappelle derrière le mur. Y a quand même quelque chose qui me turlupine.

— Dis-moi, Jean, j'ai oublié ce que tu leur racontais, à tes clients, pour la messe… « Mange qui tu seras », un truc du genre… C'est ça, non ?

— T'as enregistré pour le rendez-vous ?

— Oui, dans dix jours au Mont-Cenis. Par contre, j'arrive toujours pas à me rappeler ton histoire du Christ à la communion… Qu'est-ce que tu leur disais aux fidèles, déjà ?

— Y a pas de fidèles chez les chartreux. Y a que des moines.

— Qu'est-ce que tu leur chuchotais à chacun ?…

— « Reçois qui tu deviens. »

Dehors, pas de surprise, y a plus personne… Camille et la saucisse ont disparu avec les enquêteurs. Je jetterais volontiers un peu de sucre dans le réservoir de l'hélico mais c'est fermé à clef. Alors je m'assois sous un rocher. Je ne suis même pas inquiet. Suffit de se planquer et d'attendre en surveillant la Ligne côté Flanette ou mont Thabor. À coup sûr ils reviendront par ici…

Je somnole une heure et puis voilà, ils sont de retour.

La chienne Élia trottine loin devant. Elle lève la truffe, hume le vent, se tourne de mon côté. Je lui fais un petit signe. Elle détale comme si elle coursait une marmotte. Je la récupère en douce sous le rocher et la cale contre mon ventre. J'aperçois Camille qui remonte la pente entre les douaniers, nettement moins gaie qu'à l'aller… Elle a les traits tirés. Elle serre les poings. Pas le moment de se lamenter, Coublevie ! Je me baisse derrière mon caillou et noue les oreilles de la Pépète. Un coup de pied dans le cul et voilà la saucisse renvoyée à l'envoyeur. Mon Élia rejoint le petit groupe dans le dernier lacet et se plante sur une souche de mélèze. Camille pige illico. Elle a le triomphe modeste, la môme… Elle défait l'œuf de Pâques les yeux dans le vague, avec à peine un léger sourire, puis repart vers l'aire de décollage. Les douaniers la suivent tant bien que mal. Ils la rattrapent in extremis devant la plateforme et se plantent au garde-à-vous face à l'hélico. Ils reprennent leur souffle. La radio grésille. Le chef arrive, se gratte le front, hausse les sourcils et contemple la rivière qui zigzague tout en bas. Il arrange sa chemise d'un air satisfait. Il renifle encore un instant l'air des montagnes puis jette un coup d'œil sur la petite troupe et pénètre dans l'habitacle. Il coupe la radio. Les choses reviennent dans l'ordre… D'un geste, il ouvre la porte passager à Camille. La môme s'avance docilement.

Au dernier moment, elle se penche, dévisage l'inspecteur en fronçant le nez puis lui prend amicalement le bras et, avec un grand sourire, annonce qu'elle reste ici. Elle préfère redescendre à pied plutôt que de sauter à nouveau dans leur truc à hélices qui vibre et pue l'éther. Les douaniers n'en croient pas leurs oreilles… Moi, je me bidonne. Mercredi après-midi. Jour de repos pour les lycéens. Camille a seize ans révolus et n'est sous le coup d'aucune inculpation. OK pour coopérer jusqu'aux blockhaus de la Sueur mais pas plus loin, les mecs… Fait trop beau. C'est le printemps. Faudrait songer à bronzer un chouïa !

Camille salue la compagnie en repliant les doigts le long de la cuisse, pouce en avant, le même signe qu'avec moi cette nuit. Les flics, furax, grimpent dans leur cockpit et lancent aussitôt les rotors. Camille leur fait un beau sourire mais la turbine prend du retard. En principe il faut au moins trois minutes de préchauffe sinon l'appareil démarre avec seulement la grande hélice et carrément en sous-régime… Ils s'en foutent du sous-régime, nos agrégés des douanes françaises. Ils décollent quand même. L'hélico vacille au-dessus de la plateforme puis s'élève tant bien que mal. La propulsion se met à leur mugir aux fesses… Le gros bourdon de l'autorité centrale finit par basculer dans le vide sans la moindre grâce. Il chute vers Plampinet. Il se penche en avant, survole le lacet du col des Thures, frôle la tourelle du fortin en ruine et manque se payer un mélèze.

10

Silence pendant à peu près vingt minutes. On ne parle pas. Au bout d'un moment elle renifle. Je la vois se moucher, serrer les poings, détourner la tête, donner des coups de pied n'importe comment dans les cailloux. Elle a récupéré la chienne et la tient serrée contre sa poitrine. Le temps est idéal. Il fait très doux. Tout à l'heure elle riait, maintenant elle renifle. Je ne comprends pas pourquoi elle pleurniche alors que les torrents bondissent autour de nous et qu'Élia ronflote tranquillement dans ses bras. Les fleurs pointent sans ordre le long des ruisselets, sous les bandes d'herbe rase… Faudra raconter ça aussi un jour, les perce-neige qui explosent d'une langue de neige à l'autre, les narcisses qui se répandent par milliers. En bas, une voiture ralentit entre les deux ponts de Plampinet. Des vélos miniatures se poursuivent le long de la rivière. Les cheminées fument. Le sentier n'en finit plus de zigzaguer. Voilà, on perd de l'altitude. Camille se calme peu à peu. Les premières chapelles surgissent au détour du chemin, trapues, menues, ventrues, et les mélèzes commencent à remplacer les éboulis. Chapelles avec clochetons minuscules, toits de lauzes et ex-voto à l'intérieur. C'est comme ça, dans ces montagnes, on loue Dieu en limite des couloirs d'avalanche. On s'agenouille. On prie à deux pas du danger. Autrefois on invoquait le Père, le Fils ou le Saint-Esprit, maintenant c'est la météo et les skieurs. Pas grave. Les oratoires sont encore là, avec les noms de saints patrons gravés sur des linteaux en bois : sainte Barbe, sainte Apollonie, saint Médard, les trois saints de glace, etc. Je récupère le sac rouge de Camille, le balance sur mon épaule. On arrive à la chapelle de Constance avec sa petite croix en pierre, sa fontaine dans un tronc de mélèze, ses fleurs et son toit de bardeaux.

Je la connais, cette chapelle.

C'est là, dans un recoin, le long du ruisselet canalisé en fontaine, que sortent les premières violettes, les toutes premières de l'année, celles qui sentent la guimauve, l'enfance et la résurrection. Cette fois, en plus des violettes, l'églantier est en bouton... Je tends le doigt vers les roses sauvages qui pointent leur nez au milieu des épines. Camille sursaute, fait un bond en arrière, lâche la chienne et me tire violemment contre le mur. Je trébuche sur le tronc évidé. Décidément, quelque chose cloche aujourd'hui… Je ne reconnais plus la fille de Sylvain. Elle file derrière l'abside, se penche sur la porte latérale, bricole fébrilement la serrure, parvient à déverrouiller le battant… On se retrouve à l'intérieur, sous les ex-voto, devant un petit autel qui sent le buis fané et la bougie de messe. La chapelle est si étroite qu'on peut toucher les deux murs en écartant les bras. Camille s'essuie les yeux.

— On m'a repérée avec Tissot vers le rocher de la Sueur. Ils ont retrouvé le sac plastique au fond du grand blockhaus. Ils m'ont emmenée là-bas. Une heure de marche aller-retour. Heureusement, y avait plus la lettre…

— C'est moi qui l'ai récupérée, ta lettre, Camille.

Elle recule contre la porte.

— Je l'ai brûlée. Je l'ai foutue au feu.

Elle pousse un soupir de soulagement puis regarde autour d'elle. L'autel est modeste, une simple planche de mélèze avec un napperon et un bouquet de fleurs en plastique. Un christ en buis est accroché à mi-hauteur, sous la voûte, entouré d'une dizaine d'ex-voto. Camille les examine en fronçant les sourcils.

— T'as retrouvé ma lettre… Et moi, cette nuit, je suis allée récupérer ta lampe…

Ça me dit rien qui vaille, cette réponse. Qu'est-ce qu'elle a encore inventé, la gamine ?…

Je m'appuie contre l'autel, déplace le napperon puis la dévisage de près. Je ne comprends rien à ses joues humides et à son regard chaviré. Je repense à la belle gueule.

La part du banal et la part du vertige… Une amitié si sensuelle et si abrasive que, même sans jamais nous toucher, nous en sommes devenus esclaves.

Une larme est en arrêt en haut de sa lèvre, bloquée, suspendue dans un duvet minuscule. Je souris dans la pénombre.

— T'es un drôle de type, Coublevie… Je me démène pour récupérer ta lampe, je prends tous ces risques et toi, tu te marres.

Elle reste silencieuse une seconde.

— Il y avait des scellés à l'entrée du loft, tu te rends compte ?

Oui, faudrait que je remercie mais voilà, d'un coup, j'en ai ma claque. Les flics ont sûrement repéré la dynamo avec mes initiales à l'intérieur. Elle n'est plus là et ça confirmera leurs soupçons. J'ai plus envie de parler de cette histoire. Elle ne me concerne pas.

— Tu te souviens quand tu corrigeais mes devoirs ?

— Bien sûr.

J'en dis pas plus. Pardon, mais je suis fatigué. J'en ai plein le dos de l'impasse des Trois-Mariées, du repas de salauds, du douanier mort sous la baignoire à pieds de griffon, des scellés, de la lampe allemande qui m'accuse, de l'hélico qui pue l'éther… J'ai envie de dormir.

— Je suis entrée dans le loft avec la clef de mon père.

On s'en fout, de la clef de son père. Camille continue de parler mais je l'écoute à peine. Je suis moulu. J'oublie où je suis. J'oublie même la petite Pépète qui nous attend dehors. Ce doit être le contrecoup de la montée au col. Camille parle de plus en plus bas, marmonnant des trucs inaudibles. Je jette un coup d'œil à ma montre, à l'autel riquiqui, aux ex-voto et puis soudain, impossible, là, je sursaute… Elle a dit un truc de trop. Je me retourne d'un bloc vers la môme qui se mord les lèvres.

— Qu'est-ce que tu racontes ?

On s'appuie tous deux contre le mur. J'attrape son bras.

— Répète ça !

Elle répète et moi, je me tourne vers la fenêtre en essayant de ne pas trembler. Il fait beau dans les hauteurs de Plampinet, une douceur remarquable. Les névés sont en train de fondre, les ruisselets caracolent par dizaines d'une pente à l'autre, la fontaine gargouille tranquillement dans son tronc de mélèze mais, à l'intérieur de la chapelle, on perd pied… Impossible de rester sans réagir. Camille a seize ans. Elle se mord les lèvres. Elle serre les poings et garde les yeux obstinément rivés sur une image pieuse qui ballotte à côté du christ en buis.

— Il se pointait n'importe quand. Il avait la clef. J'essayais de ne pas m'en faire mais, impossible, j'avais trop peur. Le reste non plus, j'y arrivais pas…

— Quoi, le reste ?

— Dans la salle de bains… N'importe où.

Elle jette un coup d'œil sur l'image pieuse, la détache du mur, déchiffre les ex-voto, les change de place devant le Christ en buis. Elle regrette déjà ses paroles.

— Qui ça, Camille ?

Je la vois grimacer puis me tourner le dos et s'enfermer dans le silence. Je lève les yeux. Il y a encore des traces de peinture au-dessus de nos têtes. Le plâtre de la coupole commence à s'écailler mais on discerne quelques étoiles peintes et un visage au milieu, avec une auréole à demi effacée. Il y a aussi un ange sur la droite qui écarte les ailes.

— T'avais quel âge ?

— Petite…

Elle fixe l'archange censé nous protéger puis revient à l'image pieuse, une nonne à genoux, en prière, la main droite posée sur la poitrine, l'autre brandissant une chaînette métallique, sorte de petit martinet ridicule.

— Elle veut se punir, celle-là… Non ?

— Oui.

Camille hoche la tête puis désigne l'espèce de lumière dorée perçant les nuages à l'aplomb de la nonne en carton.

— C'est Dieu, ça, Coublevie ?…

— Peut-être bien.

— Elle a l'air tarte, cette nonne. Tu sais qui c'est ?

— Sainte Constance.

— Elle va pas se frapper dans le dos, quand même ! Pas de quoi faire un fromage. Moi, c'était le ventre et les cuisses…

J'examine la nonne à genoux qui fixe les nuées avec un sourire extatique. Ses pupilles sont révulsées. Elle va se flageller dans la lumière du crépuscule. Camille soupire puis pose l'image sur la planche en bois.

— J'allais jusqu'au relais EDF. Je passais la porte en fer derrière le transfo, j'escaladais les palettes, j'enlevais mes collants. Y avait des ronces et des orties. Ça brûlait d'un coup.

— Tais-toi !

— Pourquoi se mettre à genoux ? Ça sert à rien.

— C'était qui, Camille ?… La belle gueule ?

Pas de réponse. Ses yeux luisent. J'attrape l'ex-voto, le déchire en deux, balance les morceaux sur le plancher puis regarde mes pieds sans rien dire. Une seconde après je regarde les siens juste à côté, ses mollets, sa peau si claire plongeant en toute confiance dans les baskets en toile, ses

chaussettes retroussées, un peu sales probablement. Je repère aussi des insectes un peu plus
loin, un cortège de fourmis sortant d'une fissure
du plancher, contournant l'autel puis s'enfon-
çant sous terre trente centimètres après, par un
interstice entre les plinthes. C'est ça, Camille ?…
On disparaît les uns après les autres. Faut que
je me planque moi aussi, que je me bouche
les oreilles ?… La gamine serre les lèvres sans
répondre puis récupère ma main et me pétrit
les doigts. Les fourmis continuent leur manège.
L'église est vraiment minuscule.

— C'était qui, Camille ?…

— Il me mordait les jambes. Des fois, il deve-
nait bizarre, il mâchait des boutons de fleurs.

— Des boutons de fleurs ?

— Il me léchait. Il me léchait partout et
m'appelait sa fleur. Il me mordait. Fleur, ma
petite fleur. Mon bouton de rose… Au bout de
quelque temps, il a arrêté. Il m'a plus mordue.
Peut-être une fois ou deux puis fini. Sauf avec
les roses. S'il tombait sur un rosier, il mordait un
bouton au passage. Il se punissait comme ça…
Moi, j'allais me punir au dépôt EDF et, lui, il
errait d'un jardin à l'autre en ramassant des boutons de rose. Il me les offrait. J'en voulais pas,
de ses merdes ! Alors, des fois, il les bouffait…

Je me relève sans un mot. Je comprends soudain ce qui s'est passé l'autre matin à la gare
routière : les crachats, les pleurs, la rose pompon

accrochée au pelage d'Élia… Je comprends aussi pourquoi elle m'a écarté ici même, il y a moins de dix minutes, devant l'églantier en fleur de la chapelle Sainte-Constance… Camille respire fort. Je me baisse pour récupérer les deux moitiés d'image.

— Me touche pas !

Elle glisse le long du mur. Je voudrais dire quelque chose de gentil mais, non, ça sert à rien de réagir. Bilan des corps et des dépouilles, ma Camille, bilan des vies gâchées. Cette fois-ci, vois-tu, on implore tous ta clémence, on voudrait vraiment que tu oublies. Je suis un homme comme les autres et je rêverais que tu pardonnes aux hommes. Pardonne, ma Camille… Elle ne répond pas. Je lui dis qu'on s'excuse tous de lui demander pardon… Ça la fait sourire. On s'appuie l'un contre l'autre et l'autel craque. Elle est heureuse une seconde, quasi espiègle puis, peu après, elle a de nouveau son sourire coupable, cette grimace navrée qui me bouleverse tant. Elle chuchote encore un truc, qui me vrille, moi, Coublevie, simple chemineau des frontières qui ne comprend rien à la marche du monde.

— Ça me punissait, les orties. Ça me faisait du bien.

Elle lève le bras, désigne l'image coupée en deux.

— Tu crois que je peux l'emporter, Coublevie ?

Je hoche la tête. Elle la fourre dans le sac en plastique rouge. Son menton recommence à trembler.

— Les mecs, ça marche pas... Ça marchera jamais. Je pourrai plus les retenir en moi. Faudra tous qu'ils s'en aillent.

— Dis pas ça, Camille.

— Faudra qu'ils m'abandonnent.

Elle se tait. Elle a des yeux minuscules.

— Faudra tous qu'ils fuient mon ventre un jour ou l'autre. C'est ce qui fait peur.

Comme j'ai l'air sceptique, presque méfiant, elle me secoue à deux mains. Je m'appuie contre l'autel. La manche de son pull balaie la nappe. Le vase roule contre la porte du tabernacle. Les perles multicolores se répandent partout.

— Trois minutes... Il jouissait. Après il pleurait et moi, j'allais aux orties.

Que faire ? Ignorer, douter ? Je la regarde une demi-seconde et j'y crois complètement, à son histoire.

— Tu connais l'ancien dépôt EDF, Couble-vie ? Le truc en parpaings avec les palettes d'un côté, les traverses de chemin de fer de l'autre et les orties au milieu... Tu connais ?

— Oui.

Je me lève soudain et me mets à nettoyer la chapelle. On arrête là... J'arrange le vase, rassemble les fleurs, remets le napperon, récupère les perles tombées par terre. Faut tout bien installer. Je remets en place les ex-voto, plante les fleurs de guingois au fond du vase. On entend le ruisseau qui caracole dehors. C'est un bruit joyeux, archaïque, vieux comme le monde.

— Tu diras rien ?

Je ne réagis pas et continue à faire la poussière. Je rassemble les perles dans un vieux pot de yaourt que j'installe sur l'autel devant le bouquet. J'aplatis la nappe, nettoie la niche, bouche le trou entre les plinthes avec un bout de papier. Les fourmis disparaissent en une minute. Quand tout est fini, on se prend la main et on sort par la porte latérale. On quitte l'oratoire. Je crochète le battant depuis l'extérieur. La lumière nous éblouit. Camille fait deux pas dehors puis balance un coup de pied à l'églantier. Je l'imite. On crache dessus plusieurs fois, en plein soleil, en plein vent... Au bout d'un moment elle s'appuie contre moi. J'arrange ses cheveux puis remets le sac rouge sur ses épaules. Elle soupire, se ronge les ongles un instant puis écarte grands les bras, serre les poings et bascule d'un coup dans la descente.

11

« À toi, ma Camille... À toi, dans l'impulsion des temps écoulés... »

On regardait le ciel sans rien comprendre, la petite Élia et moi. Des truites fario remontaient la rivière, leurs ventres couleur de glaise glissaient subrepticement d'un caillou à l'autre. Il y avait des anémones sur les talus, des voitures dans les tournants, des têtards et des tritons dans les marécages où les montagnes se reflétaient. Le car de Camille s'éloignait. Je ne pouvais m'empêcher de repenser à la gare routière, à l'agrégé des douanes faisant de la poésie sous son Abribus, écrivant sa lettre, regardant ses chaussures jaunes. Moi, ce matin-là, j'observais le ciel, je scrutais la météo. Je dénombrais les nuages sans rien comprendre au temps qui passe. Maintenant je n'observe plus, je cherche mes mots... Les mots sont censés nous secourir quand les heures filent trop vite ou trop bizarrement mais, là, j'en ai plus à disposition. Ils sont comme la

Ligne, terrés entre deux frontières, embusqués, égarés dans l'impulsion du temps.

J'ai salué Camille avec cette dédicace de Cézanne à Zola et elle est partie sans se retourner. Je lui ai dit que c'étaient aussi les mots que le chartreux réservait à son Christ… Elle a haussé les épaules. « À toi, dans l'impulsion des temps écoulés… » Elle me plaît, cette phrase, et je l'ai offerte à Camille devant l'église de Plampinet, sur le pont en bois, avant de repartir sur ma frontière… Maintenant, je ne sais plus que dire. J'oscille entre deux vertiges : la fascination, l'effroi. Je marche d'un col à l'autre. Il fait grand beau mais la Ligne commence à me décevoir. C'est la première fois qu'elle me déplaît ainsi. Mon dos me joue des tours aussi. Ça tiraille partout, la douleur irradie dans le bide, je me sens nauséeux… Parfois je boitille dès le matin, parfois non. Pourtant on devrait aller mieux les uns et les autres, on devrait être soulagés. T'es bien mort, Yves Tissot, et nous tous bien vivants… Tu ne traînes plus nulle part !

Le soleil brille, j'arpente la limite de mondes anciens et démodés et, de temps à autre, au détour du chemin, je te revois étendu devant la baignoire en zinc de la rue des Trois-Mariées. Tu es là, immobile mais bien réel. J'imagine une rose pompon entre tes lèvres de mort. Un petit bouton de fleur… Ça fait gerber, ce genre de détails. Tu es tout refroidi. Tes lèvres sont pas formidables. T'as une bouche de cadavre… T'as jamais respecté Camille. T'as juste apprécié son délire de trop aimer l'amour.

OK, on ne dit plus rien…

J'avance. Je me tais. J'arpente mon bout de frontière.

Mont-Cenis, mont Thabor, mont Viso… C'est comme un rituel. Vers le nord, je ne dépasse jamais la Vanoise. Vers le sud, je m'arrête au Queyras. Val-d'Isère d'un côté, Embrun et les fortifications de Vauban de l'autre, mes deux repoussoirs… Au milieu, pour les siècles des siècles, mon tracé, mon chemin. Voilà pour le cérémonial… Il fait chaud à présent. De minuscules nuages blancs s'accrochent au massif des Écrins, signes de temps clair et stable. Je viens de dépasser les fortins du Chaberton et marche tranquillement vers le nord. Je m'arrête au col de Barteaux pour grignoter un quignon de pain et une saucisse. Manque juste un peu de moutarde. La ville s'étend à mes pieds avec ses blocs de toits gris, ses forts militaires, la Durance qui zigzague en fond de vallée et les voitures minuscules qui brillent dans les tournants. Je contemple toute cette agitation. J'ai plus trop d'appétit. J'ai l'impression que la vie s'écoule sans fin là en dessous et que la Ligne imaginaire va tous nous décevoir. J'avance les yeux mi-clos, attentif à rester du bon côté de ma frontière, remontant les prés râpeux qui ruissellent de fleurs, les névés qui zèbrent la montagne, suivant les cairns, les bornes en granit, les lignes de crête. J'ai mal aux reins mais je marche comme un seigneur. Seigneur, mon cul... La température a grimpé d'un coup, sans crier gare. La neige fond. Faudra bientôt penser à redescendre pour le ravitaillement. Les hommes me déroutent et m'effraient.

Retour en car.

Je me sens bizarre en arrivant au fond de la vallée, tout courbatu. Ça épuise, ces premières chaleurs. À propos de courbatu, j'ai lu dans le journal du coin que le procureur de la République – tribunal de grande instance – commençait à en avoir sa claque des reportages et de la télévision. Crime ou accident, il refuse de trancher pour l'instant. Il a repoussé la mise en bière de l'agrégé des douanes dans l'attente des résultats d'autopsie. Pour mes suspects adorés, pas de souci, ils sont tous sortis de garde à vue... L'esthéticienne dès le premier soir. Mon Élia le lendemain matin en même temps que Sylvain et Tapenade. Et en dernier, bien sûr, Mounir, le serveur du Café du Nord, parce qu'il est arabe, qu'il est fier et qu'il a une dent en or sur le devant. En plus, il est pas très bavard, il ferme plutôt sa gueule... Chacun avait un alibi béton pour la nuit du meurtre. Sylvain est revenu au bistrot vers les onze heures puis est monté boire des armagnacs dans la chambre de sa fille. Mounir a fini la soirée avec ses potes de la mosquée… Et la pétasse esthéticienne s'est fait sauter aux Hirondelles par Tapenade et un autre branlot du coin. Bonjour les maris bricoleurs ! Les Hirondelles, c'est la cité HLM en haut de l'avenue du Grésivaudan.

J'arrive devant la boutique du pharmacien mais n'ose pas trop pousser la porte… D'après le journal, on me recherche. J'hésite. Je regretterais presque d'avoir quitté la Ligne et, surtout, de t'avoir croisé au préalable, douanier classe A… Paix à ton âme de violeur. Je tournique à l'arrière de la pharmacie Dobelli avec l'impression de vivoter sous tes pattes de mort et de ressasser à l'infini notre rencontre. Plein de trucs me reviennent en mémoire : ta jambe plus courte que l'autre, ta façon de triturer ta godasse chez le cordonnier chinois, le malaise de Camille chez Sylvain, ta lettre bizarre sur l'amitié abrasive, les niaiseries de mon chartreux sur la Ligne et, pour finir en beauté, ton cadavre au cou boursouflé devant la baignoire aux pieds de griffon. Que faire à présent ?… Je l'ignore. J'en suis là, avec ce mort sur les genoux, cette gamine abusée dans les bras et je traverse ma ville en rasant les murs. Briançon, la plus haute cité d'Europe, trois cents jours de soleil par an et un chemineau sur le qui-vive avec une bande de quenelles tout autour, impatientes de revenir fricoter dans l'impasse.

Quoi d'autre, vagabond ?… Rien. J'ai mal au dos. Faut que je retrouve ma lampe à dynamo et que j'achète des médicaments…

Part du banal, part du vertige… Si tu veux, belle gueule, on peut ajouter *Part du crime* et ça fera une vraie maxime de douanier, comme un début de poème… Ou alors *Part du sordide*. Au choix.

Finalement j'abandonne la pharmacie et retourne dans l'immeuble en réfection. J'évite les abords de la gare, la rue du cordonnier, le rond-point de la ville basse. Y a pas mal de ruelles dans cette cité, de passages dérobés et d'impasses. Suffit de connaître. Je trimballe mon Élia dans un sac en toile – c'est plus discret – et j'ai enfilé un bleu de travail… J'arrive rue Flandrin. Là, de nouveau, part du vertige… Les flics sont en faction devant l'immeuble. Je me ratatine sous un porche, sors mon couteau et, pour me donner contenance, commence à dévisser la porte d'un compteur électrique. Dans le même temps, je recule prudemment entre les poubelles. Je recule, mais c'est plus fort que moi, je sifflote. Je pouffe de rire. Pas du tout discret, le véhicule banalisé : un joli Jumpy flambant neuf, sans pub, sans éraflure, sans galerie ni crochet d'attelage, vitres teintées, tôle gris perle, une caisse nickel et bien lustrée qui fait irrésistiblement penser à la moustache de Sylvain Taliano. Je m'approche à pas de loup de l'utilitaire gris souris, reconnais les deux blaireaux du col des Thures. Le conducteur a l'air nerveux. Toutes les trente secondes, il jette un coup d'œil dans son rétroviseur. Un petit micro ballotte sous ses lèvres et un casque audio lui enserre le crâne. Ça commence à puer dans le coin...

Mardi, 16 h 30. Plein jour, plein soleil.

Le printemps explose et moi, je pars en sens inverse en rasant les murs. Je prends pied sur l'avenue. Coup d'œil par la vitre du bistrot qui tourne au ralenti. Sylvain n'est pas là. Je rabats ma casquette sur mon front et pénètre dans la grand-salle. J'oublie d'alléger le vantail. Ça couine. Mounir me reconnaît à la seconde malgré la casquette. Il laisse tomber ses soucoupes, ça fait un boucan du diable. D'un geste, il m'expédie côté billard. J'obéis et ferme ma gueule. Planqué derrière le radiateur en fonte, je ne peux m'empêcher de penser à la pauvre grand-mère qui a patienté là des jours entiers, au fond de son fauteuil, se bavant dessus et crochetant ses phalanges à l'accoudoir. Mounir interrompt ma méditation. On s'embrasse même pas.

— Fous le camp ! Ça devient casse-gueule ici. Le Chinois t'a balancé. Il dit que tu t'es pris de bec chez lui avec Tissot. Résultat : les flics se pointent trois fois par jour au bistrot...

— Je m'en doutais pour le Chinois...

— T'es cuit, mon vieux !

Je lui dis d'arrêter de gueuler. En fait, il ne crie

pas, il chuchote… OK, Mounir, tout m'accuse :
je me suis engueulé en public avec l'agrégé des
douanes ; ensuite ce type m'a chouré ma femme
et là, forcément, je l'ai mal pris. Donc je l'éli-
mine un soir de neige en faisant disparaître les
traces de mon passage. Crime passionnel. Inutile
de chercher plus loin. Sauf que c'est Camille
qui m'a emmené au dîner de salauds, que c'est
elle qui a récupéré la lampe, et que le douanier
baisait avec tout ce qui traîne.

— C'est toi qui l'as refroidi, ce mec, Robert ?

Robert… C'est la première fois qu'il m'appelle par mon prénom. Je secoue la tête en le
fixant droit dans les yeux.

— Ben non, qu'est-ce que tu crois !

Il me scrute de très près.

— Tu penses que j'ai une gueule de tueur,
Mounir ?

Je souris. Il n'hésite pas une seconde.

— Non.

Nous voilà de nouveau potes. Je me gratte la
cuisse. Il se gratte le front. Je suis heureux et
soulagé. J'en oublierais presque ma lampe de
guerre et mes médicaments tellement on est
bien dans ce fichu Café du Nord. Je commande
un blanc limé histoire de trinquer à la mémoire
de la belle gueule, de faire la nique aux morts
comme aux vivants. Mounir me sert en jetant
des regards apeurés à l'extérieur. Je lui chuchote qu'il y a des fleurs partout en montagne,

des pervenches, des myosotis, des anémones, plein d'animaux aussi, choucas, bouquetins, marmottes. Mounir en pisserait dans son froc de me voir heureux comme ça... Je lui dis que j'ai le dos en charpie et que je dois absolument renouveler mes antalgiques. J'ajoute que je n'ose pas trop me montrer chez Dobelli.

— OK pour les médocs. Dès que j'ai cinq minutes, j'y vais.

Sympa, Mounir...

— Reste juste la Pépète au fond de son cabas. Elle commence à en avoir marre. Faudrait qu'elle prenne un peu l'air, non ? Tu l'entends gratter ? Elle se sent pas bien.

À partir de là, plus sympa du tout, le garçon de café. Il monte sur ses grands chevaux.

— T'es con ou quoi ? Tout le monde la connaît, ta chienne. Tu veux te faire serrer à cause de cette courgette !

Il refuse de renouveler mon apéro et tourne les talons. Putain, Mounir... J'embraye sur le même ton que lui. Ça va pas ou quoi ? Un beur, ça respecte les clients. Un beur, ça sert des blancs limés. Un petit gris, ça évite les ennuis, etc. Après trois blagues douteuses de ce genre il me désigne la porte avec un sourire las... Il se fout de ma gueule. En fait, on s'adore, Mounir et moi. Je me rassois près du radiateur et lui demande des nouvelles d'Élia, la vraie, pas celle qui gémit au fond du sac, celle aux lunettes moches… Et puis voilà, merde, faut déjà qu'on arrête tout. Ça couine à la porte d'entrée.

Je mesure le danger avec une seconde de retard. Tapenade arrive… Mounir me fait signe de me planquer derrière le billard. J'en ai pas vraiment parlé, de Tapenade, le receveur franco-français, ancien facteur, pompier volontaire avec rides sur le front et pellicules à volonté dans la tignasse. Ses cheveux sont si graisseux que, d'accord, on pourra jamais l'appeler différemment. Je l'aime bien mais il tombe mal. Mounir l'interpelle sur le seuil du bistrot. Il s'approche quelques secondes pour que je me glisse derrière le bar pendant qu'ils discutent en plein soleil… Mounir, on peut lui faire confiance, mais avec Tapenade, faut prendre ses précautions. Je file derrière le zinc, passe sous l'évier, me redresse juste après et tire la poignée de la porte en bois derrière mon dos. Je bénis mon pote arabe et m'éclipse par l'escalier dérobé, celui que Camille a descendu l'autre matin en titubant.

Part du mystère…

Me voici dans l'alcôve. Là, s'agit d'être attentif. Je marche sur la pointe des pieds. La môme n'est pas là et c'est désarmant. La chambre sent bon. Elle est plus grande que prévu. Le débord du caisson a une forme bizarre mais ça ne compte pas. Tout ici a été bricolé à la va-vite. L'œilleton ressemble à une lunette de visée. Il y a des posters aux murs et plein d'endroits où la tapisserie se décolle. La trappe s'ouvre dans le mauvais sens. Il faut pousser la table pour la basculer complètement. À part ça, c'est très beau. J'écarte la table, bascule la trappe, éclaire l'abat-jour en vessie de porc. Je soupire. Je m'assieds.

Surtout ne rien toucher. J'ai juste le droit de me reposer. Je suis mort de fatigue et j'ai besoin de réfléchir. Ma petite Élia est toute contente. Elle fouille dans le placard et me rapporte un pull et un mouchoir. OK, je me laisse tomber sur le lit. Ma tête rebondit contre l'oreiller avec une girafe jaune en plein milieu puis bascule vers un second coussin avec téléphérique, sapins et skieurs minuscules. Il est si moelleux, le coussin des skieurs, que ça donne le vertige. Je m'allonge et glisse le nez sous la couverture. Ça sent bon, un peu fort. J'oublie tout, je ne cherche plus à comprendre quoi que ce soit. Ma lampe allemande est là, sur l'étagère, derrière les livres. Je vois la poignée kaki qui dépasse mais je l'oublie aussi. Je m'en balance royalement. Je hume ce qu'aucun chemineau de la Ligne n'aura jamais sous les narines : une literie de môme. Ça sent la pomme et le pain grillé, le miel, le bourgeon et la candeur. Je voudrais enfiler mon visage dans les draps, atteindre le cœur du lit mais la honte m'en empêche. Je me ressaisis. Je me relève en oubliant la lampe. Je m'en vais le plus doucement possible.

12

Faut quand même aller vérifier pour le transformateur.

Je sors de la ville par la rocade, traverse un jardin public et me pointe dans la zone industrielle à peu près au moment où les flics organisent la relève dans leur Jumpy planqué au bout de la rue Flandrin. C'est la fin de l'après-midi, la lumière est toute perlée, je longe une palissade, me faufile derrière un portail en bois avec une chaîne rouillée et un vieux cadenas. Personne dans les parages… J'oublie illico la chambrette. J'oublie le Café du Nord et ma Ligne qui serpente entre les cieux limpides des Hautes-Alpes. C'est une sorte de terrain vague. Quarante mètres de large, soixante de long, avec une route goudronnée qui tournique derrière. Deux mille cinq cents mètres carrés de friche industrielle coincés entre un transformateur électrique et un ancien dépôt SNCF. Exactement le type d'endroit où rien ne pousse sinon peut-être, effectivement, des ronces et des orties.

Sauf qu'il n'y a pas d'orties... Pas de palettes, pas de mur en briques non plus. On dit que les gendarmes de Briançon ont alpagué une bande de SDF là-bas dedans, des Roumains qui la nuit dealaient de la drogue et le jour triaient des métaux non ferreux. Les Roms ont fini par s'en aller mais il y a encore des vieux frigos et des machines à laver sur lesquelles les voisins du quartier ont pris l'habitude de balancer leurs poubelles. Quelques fleurs de pissenlit poussent entre les carters de bagnole, jaune citron, sans tige, sans feuilles, à même le gravier. C'est beau, ces fleurs qui éclosent au milieu de rien...

Ça me fait de nouveau penser à la chapelle Sainte-Constance, aux violettes pointant leur nez derrière la source qui caracole, à l'églantier juste au-dessus... Je revois Camille évoquant son supplice, belle à en frémir. Que dire ? Comment croire qu'elle venait se punir ici, dans un endroit pareil ? Je contourne le socle du transformateur, fais trois pas en direction de l'ancienne gare et tombe sur une brèche dans la clôture avec un blouson en cuir pendu au grillage. Les manches sont tailladées, le col tout noirâtre, tout moisi. Je le retourne avec un bâton. Un pan de la doublure se détache, vole entre deux frigos et vient atterrir dans une flaque où surnagent des mégots de cigarette. Une rafale de vent traverse le terre-plein. La doublure repart jusqu'à un cageot rempli de canettes vides, tournoie mollement au-dessus du sol puis retombe comme un torchon sur les bouteilles. Pile à ce moment-là, un gros rat s'échappe des bières en couinant. Je bondis en arrière, serre le col de ma chemise et regarde le rat en frissonnant. Qu'est-ce qui tourne pas rond, dans mon cabochon ? J'enjambe un vieux sommier, des pneumatiques, des fers à béton, puis une autre flaque et un autre cageot.

— Peut-être bien que c'est la terre qui tourne à l'envers…

Je devrais m'en aller. Y a pas d'orties ici, pas de ronces, pas vraiment de végétation. Les mauvaises herbes poussent surtout dans la tête de la pauvre Camille… Soupir. Le fantôme de la belle gueule rôde encore dans les parages. Le rat n'est pas loin non plus, à vrai dire, qui se met à couiner de nouveau alors que je fais demi-tour. Il bondit sur la grille et reste accroché quelques secondes, toutes griffes dehors, avant de détaler derrière le transformateur. Je le suis des yeux jusqu'à une sorte d'ouverture sans gonds ni poignée sous laquelle je vois disparaître sa queue. Ça cherche vraiment la branlée, ces bestioles… Je m'approche et pousse la porte de communication en serrant les lèvres. Ça coince. Quelque chose bloque de l'autre côté. Je donne un coup d'épaule dans le battant et reste immobile, pétrifié, tandis que le rat disparaît sous une bassine.

Le dépôt de Camille s'étale là, devant mes yeux, tout en longueur, parfaitement conforme à sa description. Un vrai no man's land limité par des palettes et des traverses de chemin de fer… Une sorte de longue friche avec orties d'un côté, roncier de l'autre et sentier zigzaguant au beau milieu. Des panneaux publicitaires sont appuyés à la grille. Un mur en briques ferme l'enclos. Les orties sont moches, jaunasses, efflanquées. Elles remuent sous la brise. Je me sens moche moi aussi. Je me baisse et rassemble quatre ou cinq tiges qui puent la pisse. Aucun souci avec ces plantes, dès qu'on les agrippe, ça brûle.

T'as raison, Camille, ça pue l'esbroufe par ici, la dope et les petits trafics. Il fout la trouille, ton purgatoire ! J'arrache une nouvelle poignée d'orties et laisse brûler. Ça m'enflamme la paume immédiatement. Là, d'un coup, je te crois… Je te crois sur parole. Je sais que tu es venue ici paumée, abusée, seule au monde. Tu voulais finir le boulot en quelque sorte, te punir jusqu'au bout… Tu avançais là-dedans comme dans un mauvais rêve, ma Camille. Tu poussais la porte en fer et t'enfilais dans l'allée en dégrafant ta jupe. T'espérais boucler la boucle, c'est ça ? Tu voulais épuiser tous les châtiments.

J'escalade le tas de palettes, contourne la pile de traverses de chemin de fer qui puent la créosote, arrive à l'extrémité du terre-plein. Il reste un dernier détail devant le mur en briques, à côté des piles de pneus, un truc vestimentaire qui confirme tout. Je le retourne du bout de la chaussure. Il tire l'œil, ce morceau de laine. C'est le bonnet fuchsia, le chapeau de la grand-mère. C'est bien lui. Il est tout froissé. On dirait un chiffon.

Alors c'est mon tour... Je retrousse le bas de mon pantalon, balance mes godasses et décide de traverser... Pour autant, je ne cherche pas à me punir. Je cherche juste à comprendre. La bise se lève. La lumière est très douce, le ciel rosit au-dessus du mur en briques, le terrain vague se déploie tout en longueur, clos et venté. Y a vraiment personne dans le coin. Les orties et les ronces s'emmêlent sous mes pieds, les tiges me mordent les mollets. Le gravier crisse. Je n'avance pas longtemps, pas plus de dix mètres... J'ai mal partout. Je récupère une dernière poignée d'orties et réalise à ce moment précis, en rebroussant chemin dans le roncier du terrain vague EDF, que je pourrais sans mal devenir criminel. Faut bien tuer un jour ou l'autre, pas vrai ? Débarrasser la société. Devenir un justicier minable, un héros et un salopard à la fois. Un ange. Un assassin.

13

Un jour prochain, les limites des anciennes nations ensorcelleront le monde. Les chemins frontaliers rameuteront ceux qui ne croient plus en rien : les poètes, les philosophes, les amoureux, les rêveurs des temps nouveaux comme des temps révolus et les gros cons comme moi qui aiment marcher sans mesure leur vie durant. Je ne me lasse pas d'arpenter mon bout de frontière qui file d'un col à l'autre, qui serpente à l'infini entre l'Italie et la France, deux nations maintenant inutiles et désemparées. Les montagnes sont désertes, majestueuses, et comme écartées du monde. Moi, je suis bronzé et passé de mode. Je vis entre ciel et terre. Je tente d'oublier les humains.

Pas de regret depuis ces derniers jours. Pas de commentaire non plus... Il a fait beau, très beau même. Une semaine s'est écoulée et je n'ai oublié personne. J'arrive enfin à mon rendez-vous.

Achevant cette première traversée de la saison, je ne suis pas peu fier d'avoir tout arpenté d'un trait. Je m'arrête pile au-dessus du barrage du Mont-Cenis, versant français, après avoir bravé les éléments, croisé une dizaine de chamois et trente-huit marmottes qui se frottaient les yeux, franchi six cols d'altitude. J'ai marché comme un seigneur. Je suis lessivé mais j'avais besoin de cette randonnée sur les crêtes après ma visite aux orties du transformateur EDF. Sauf que la Pépète est fatiguée elle aussi… Elle en a sa claque de trotiner dans mes talons, elle est vraiment sur les rotules. Ça fait des jours qu'on ne boit que de l'eau et qu'on grignote des biscuits. Je vais perdre au moins trois kilos sur ce coup-là… Je continue à avancer grâce à Mounir et à la mère Dobelli, la pharmacienne de l'avenue du Grésivaudan, qui a accepté de renouveler mon ordonnance sans trop poser de questions. Elle aime les Arabes, celle-ci. C'est rare. C'est précieux.

Barrage du Mont-Cenis. Un site grandiose avec l'Italie juste en dessous, fidèle, toute proche. On n'en finit pas de contempler ce panorama, un vaste miroir alpin reflétant les ruisseaux, les nuages, les arêtes neigeuses dans le lointain et même les traces d'avion dans le ciel. Une sorte de talus en terre coupe l'horizon d'une pente à l'autre, fermant le lac d'un long trait stable et rassurant. On a construit une petite remise à chaque extrémité, un local technique sans fenêtre ni gardien. Le chemin carrossable zig-zague de part et d'autre. Y a des alpages autour, des vaches et trois cahutes en pierres. Elles font partie de nos lieux de rendez-vous préférés, à mon chartreux et moi, ces cahutes en pierres du Mont-Cenis. Presque autant que les blockhaus du rocher de la Sueur ou le fortin du col des Thures.

J'arrive à la première cabane. Le curé n'est pas là.

Pas là non plus devant la fontaine. Peut-être qu'il m'attend plus bas, sous l'entrée de l'ancien tunnel ferroviaire. Je jette un coup d'œil dans la troisième cahute, puis repars en haussant les épaules… Il y a nettement moins de végétation sur ce versant-là du col, moins de fleurs, davan-tage de névés et d'ouvrages militaires. Pas mal de vent aussi. Je boitille dans la descente, la bise pénètre mes vêtements mais je m'en fiche. Je boitille et tout est beau et inutile là autour. J'approche du tunnel ferroviaire, contourne les épilobes qui bouchent l'entrée puis me glisse sous la voûte en gueulant que, d'accord, je suis en retard mais qu'il fait beau et qu'on serait mieux dehors à profiter du paysage. La voûte est complètement écroulée. Personne. Ça résonne comme dans une église. Au moment où je m'ap-prête à repartir, j'entends un gémissement au ras du sol, sur la droite. Peut-être un animal, un renard, un blaireau… J'attrape mon bâton et me retourne. Je me détourne.

Le chartreux repose là, tout au fond, sur un vieux socle en ferraille. Il a la bouche déformée et luisante. Du menton, il me désigne son bras gauche inerte. Il essaie de le bouger, d'agiter les doigts mais rien n'y fait. La main pend le long de sa cuisse, index et majeur levés vers la culasse d'un canon à moitié fendu et bizarrement pivoté à l'intérieur du tunnel. Pas le temps de m'interroger sur cette pièce d'artillerie. Le curé est vraiment mal en point. Ça va être coton de le sortir de là… Je débouche mon flacon d'élixir de la Grande-Chartreuse. Jean essaie de lever son bras puis refuse avec les yeux en me lançant le même regard chaviré et coupable que Camille devant la chapelle Sainte-Constance. Je remplis le gobelet et le lui tends quand même. Il secoue la tête, tente à nouveau de parler, bafouille une sorte de diagnostic et il faut voir comment il l'articule, son verdict, une vraie sentence de cureton aphone et passé de mode. Je m'avance. Je le saisis par les épaules. Il continue à manger ses syllabes, se met à baver, parvient juste à prononcer un ou deux mots. OK. Je comprends que ça te foute à l'envers, mon pote, mais c'est pas une raison pour dérailler. Je lui dis de la fermer, il la ferme une demi-minute et moi, j'essaie d'embrayer sur son sujet de prédilection : les beignets de fleurs mâles. Ça l'exaspère, il me saisit le bras

avec sa main valide, me tire à lui. Je m'approche.
Il répète son bout de phrase, avec un mot en *us*
pour terminer. Ictus, oui, c'est ça… Tu veux que
je m'y mette aussi ? Attaque cérébrale. Accident
vasculaire. Je le secoue comme un bout de bois.
T'as le bras fichu, mon pauvre Jean, et la bouche
qui pendouille. C'est bien ça, tu fais un AVC… Je
t'emmène en Italie, chartreux. Tu voudras jamais
te faire soigner de l'autre côté de la frontière, et
moi non plus d'ailleurs. On me recherche côté
français. On m'aime plus trop au pays natal. De
toute façon, vu ton état, c'est impossible de te
remonter jusqu'au col… On va marcher, Jean,
mon frère, mon chemineau. On ne sera pas
longs. Le moins longs possible, tu verras… Oui,
je vais franchir la Ligne pour la première fois
et je m'en balance complètement. Je te sors de
ce putain de tunnel, on traverse cette putain de
frontière et je t'emmène à l'hôpital.

Descente le long de l'ancienne voie de chemin de fer.

Je soutiens mon curé d'un bras, porte son sac
de l'autre et bavarde le plus possible… S'agit de
parler, dans ces cas-là, surtout ne pas s'arrêter
de parler. Je lui remémore notre rencontre au
col des Thures puis nos innombrables virées en
parallèle sur la Ligne. J'évoque la lingère de ses
seize ans, les beignets de fleurs mâles, le petit
clitoris que personne apprivoise jamais et tutti

quanti mais, non, ça l'intéresse pas… Il s'agrippe à mon cou et moi, je scrute sa main malade, son poignet qui ballotte, tout ridé, tout perlé de sueur. Ça me rappelle le coup de l'Opinel avec ses poils qui grésillaient au milieu des godiveaux. Tu vois, chartreux, ça sent quand même un peu meilleur ici, c'est le printemps, la température est idéale, les oiseaux piaillent dans tous les coins… Jean secoue la tête et me broie l'épaule de sa main valide.

— T'imagines ! Ils bouffent comme des dingues, les oiseaux, ils n'arrêtent pas de voler à droite et à gauche. Six mois plus tard c'est fini, on les ramasse dans les fossés… Des bouts d'os. Comme nous tous à un moment ou à un autre, pas vrai ? Sauf que, nous, on est vivants, mon pote !

Je lui tends à nouveau la gourde.

— Tu veux vraiment pas boire un coup ?

Silence. Je continue à raconter mes salades.

— Y en a qui leur fabriquent des cercueils, aux oiseaux, des chapelles, des sortes de cabanons minuscules. Ils se mettent sur leur trente et un, costard et tout, et ils chialent en enterrant ces tas de plumes dans les fossés…

Le chartreux hoche la tête puis, finalement, attrape mon élixir.

— J'avais un chien qui me ramenait du gibier chaque matin, renardeau, lapin, faisan, caille, etc. Des fois, il en goûtait un morceau au pas-

sage, il leur mordillait le râble. On dit « râble »
pour les faisans ?

— Mmm…

— On s'en fout des faisans. Tu marches un
peu mieux, on dirait !

— Mmm…

C'est vrai qu'il traîne moins. Il vient de s'envoyer
deux lampées d'élixir de la Grande-Chartreuse
et j'ai l'impression que l'étau se desserre un peu
sur mon épaule. On s'éloigne de l'ancienne voie
ferrée et c'est moi qui boitille à présent. Je le
soutiens du mieux possible mais j'ai l'impression
que je peine autant que lui. De temps à autre, je
scrute son bras ballant.

— Des fois, on tombe sur des sangliers, ou
même des grands machins de notre genre…
Alors là, motus, on ferme sa gueule. On file une
branlée au chien et on avance sans se poser de
question, en évitant les mauvaises rencontres…
Pas vrai, chartreux ?

Il approuve de la tête.

— Je raconte ça pour te changer les idées.
De toute façon on vient de passer la frontière
et on descend comme des princes !… Comment
tu te sens ?

— Mieux.

Je m'arrête et lâche son poignet d'un coup.

— Ça fourmille plus trop…

Je bondis en arrière.

— T'as parlé, nom de Dieu !

Il fronce les sourcils, me fait un sourire répro-
bateur et là, bien entendu, je m'excuse pour le
juron. Il hoche la tête... Après quoi, je m'excuse
pour ce que je viens de lui raconter.

— C'est quand même pas mal, les histoires...
Ça détourne l'attention, ça permet de penser à
autre chose quand la mort pointe son nez... En
plus, ça chasse le mauvais œil.

Il hausse les épaules et me fixe de son grand
regard paisible. Il a l'air heureux tout à coup,
confiant, transformé. Il lève son poignet, serre
les lèvres puis déplie lentement ses doigts l'un
après l'autre. J'étrangle un cri de joie. Il continue. Il ouvre sa main.

— Tu prononces les mots comme avant ou
presque. En plus, t'arrives à remuer les doigts !

— Et toi, tu boites, Coublevie... C'est nouveau, non ?

Ben voilà ! il nous a foutu une sacrée trouille
et, maintenant, il s'inquiète pour ma santé,
le salaud... À mon tour de lui broyer le bras.
On continue de descendre en se tenant le cou
comme des amoureux. On rejoint la route de
Suze en moins de cinq minutes. Repos sur le
terre-plein de l'arrêt de bus. Je lui dis que je vais
me faire soigner le dos de temps à autre dans le
sud de la Drôme, à Aiguebelle.

— Y avait un super rebouteux, là-bas... Le
père Alexis... Tu connais ?

Il connaît.

On se tait quelques minutes puis on fait signe au conducteur du car et on monte sagement en payant nos tickets. La main du chartreux tremble un peu mais on s'en balance. On file s'asseoir sur la banquette arrière et je le laisse se reposer, le bougre. Il me regarde en coin. Je crois que ça l'amuse de m'avoir forcé à passer la Ligne. Le soleil chauffe à travers les vitres. Au bout d'un moment sa tête ballotte et j'en déduis qu'il rêve à sa lingère. Alors je me tais. J'écoute le bruit du moteur, le crissement des pneus sur le gravier, les amortisseurs qui gonflent et qui dégonflent, les freins qui soupirent dans les virages. Ça n'arrête pas de tourniquer dans la descente et ça me rappelle la plongée vers Plampinet, l'oratoire de Sainte-Constance et l'églantier de Camille... Les voilà bien, mes vrais amis : Jean, le vieux chartreux malade, et Camille, la petite gamine violée... Ils se ressemblent. Ils ont un truc sans fond dans le regard, ces deux-là, un truc trop vaste, comme s'ils portaient à eux seuls toute la misère du monde.

— Camille et toi, vous portez le monde sur vos épaules.

Le curé toussote derrière son mouchoir.

— Et vous vous en foutez complètement...

Il lève les yeux au ciel.

— T'es guéri, Jean. Tu te fiches de tout. De la maladie, de la vieillesse, du temps qui passe...

Il se penche vers moi puis me chuchote que, dans le désert des chartreux, le temps ne passe pas.

— Seulement le Christ…

Merde, il déblatère comme avant.

— Et la vie des moines, Jean, elle passe pas ?

— Bien sûr que si.

Il secoue la tête. Je lui demande si le temps du Christ s'accorde au temps des curés qui meurent les uns après les autres dans le désert des chartreux. Il fronce les sourcils puis acquiesce de nouveau. Et à la nôtre, de vie ?… À celle des chemineaux ? Il acquiesce en haussant les épaules. À celle des criminels, des violeurs ? Il dit que le Christ s'accommode de tout mais qu'il est pauvre. À mon tour de grimacer… Il dit que le Christ est seul et qu'il s'accorde d'abord aux montagnes, aux neiges de printemps, aux ruisselets qui dévalent, aux arbres qui bourgeonnent tout doucement, aux fleurs minuscules pointant sous les névés… Il me dit que le Christ passe comme un sourire. Comme une faim très fugitive… Il me dit qu'il revient sans crier gare.

14

L'arrêt de bus ne ressemble à rien. Une banquette en béton, deux lampadaires rouillés, une poubelle et une pancarte marquée FERMATA qui oscille dans le vent des montagnes. Je descends du car, m'appuie contre un banc et relace mes chaussures. Un couple de retraités sort juste après nous. Le bus redémarre et les deux petits vieux, sympas, nous montrent le toit de l'hôpital un peu en dessous derrière les arbres. Y a une navette toutes les dix minutes. Comme Jean va mieux, on décide d'y aller à pied. J'avale un antalgique et on s'ébranle cahin-caha… On marche sur le bas-côté de la route en se tenant le bras comme deux ritals en ménage. Mon chartreux mâche encore un peu ses mots mais ses lèvres bougent sans difficulté, sa bouche est lisse et toute luisante. La crise est finie. C'est fou comme il récupère vite ! Moi, par contre, j'ai mal au dos… Pas le moment de gémir. Y a des fleurs partout, des lézards qui se prélassent sur les talus et des humains qui se carapatent d'un bus à l'autre, d'une montagne à l'autre, d'une vie à l'autre. Jean stoppe dans un tournant pour admirer les épilobes. C'est idiot, de s'arrêter pour admirer des fleurs pareilles... Sauf que c'est le début de l'après-midi et que, dans le tournant de la route, y a aussi un églantier. Je jette un coup d'œil sur les boutons de rose et ne peux m'empêcher de cracher.

J'ai craché trois fois. Le chartreux n'a rien vu.
Les émotions du Mont-Cenis m'ont lessivé et c'est lui, maintenant, qui me soutient de son bras vaillant. Le couple de retraités nous rejoint. Mon curé leur déclare qu'on va à Suze se ravitailler en chianti et en parmesan. Ils n'y croient pas une seconde. Le ciel est d'un bleu parfait. On croise des papillons et des papiers gras en grand nombre. La brise des montagnes nous caresse entre les rangées de sapins, très rafraîchissante, mais j'en profite à peine. Je ne me sens pas trop dans mon assiette. Je suis pleinement rassuré pour Jean mais chiffonné par mon dos et par les églantiers en fleur. À proximité de l'hôpital, un gros labrador pelucheux surgit comme une bombe de derrière un panneau indicateur. On recule d'un bond, le chartreux et moi. Le chien se met à gambader autour de nous puis, à la seconde, essaie de sauter mon Élia. Elle tire la gueule, la Pépète. Ça la gonfle, ces avances

de clébard… D'habitude elle apprécie les fortes tailles mais, là, ça dépasse les bornes ! Elle n'est pas dans son élément. Elle ne reconnaît rien par ici, ni les montagnes, ni les pancartes, ni le dialecte évidemment.

Je m'assieds sur une borne, la caresse, noue ses pattemouilles, lui chuchote à l'oreille qu'on comprend un peu l'italien mais le dialecte local, pas trop. Ça la rassure. J'engage la conversation avec le labrador pelucheux qui, lui, a l'air de comprendre le français. Il frétille de la queue. Je lui tapote le haut du crâne, prononce quelques mots de bienvenue, m'éloigne pour l'examiner sous toutes les coutures et voilà, c'est décidé, on l'appellera Marcel… Clin d'œil au chartreux, qui me retourne son beau sourire plissé. On repart. On prend pied sur l'esplanade de l'hôpital avec ce drôle de Marcel dans les talons. Deux chemineaux de la nuit des temps filant aux urgences avec gibecière et chiens d'alpage, ça fait désordre. On longe une sorte de hangar qui pue la clope et l'eau de Javel. Je récupère une corde au fond de mon sac, pousse la porte et attache Élia et son fiancé au milieu des sièges médicalisés. On les abandonne là tous les deux, inquiets, dépareillés, à se renifler l'arrière-train.

Suza. 11 h 30. *Ospedale generale.*
C'est le moment de piquer un somme dans la salle d'attente alors que Jean, tout sourire,

prend le large avec une infirmière qui empeste l'essence de lavande. Ça me file des haut-le-cœur, ce parfum. Je manque dégueuler et puis, non, finalement ça passe. Je somnole un quart d'heure jusqu'à ce qu'un toubib vienne me tapoter l'épaule en tortillant sa cravate. Il a une haleine de rat. Moi, évidemment, je ne comprends pas ce qu'il dit mais ses yeux me rassurent. Mon curé va mieux. Sa crise est passée et il se remet comme un chef. Je marmonne qu'on va pouvoir remonter au plus vite dans nos montagnes. Le type hausse les épaules sans piger puis continue à bavasser en m'arrosant de postillons. C'est désagréable. Ses manches tourbillonnent devant mon nez. Je détourne la tête et décide de foutre le camp illico. Je préfère attendre mon pote dans la remise aux clébards. Je me lève d'un coup mais, là, ça coince… J'ai dû présumer de mes forces. Mon dos me lance. Je retombe direct sur le siège. L'autre arrête son discours. Il me regarde reprendre ma respiration, se penche, me soulève la paupière. Je dois m'appuyer contre lui. C'est le contrecoup, je lui souffle que c'est le contrecoup. J'ai les vertèbres en compote. J'ai trop arpenté la Ligne. Il me repousse contre le dossier de ma chaise, attrape son stylo, me le passe deux ou trois fois devant les yeux. Ça fatigue, ces gestes… Au bout d'un moment, j'obéis. J'accompagne le mouvement du stylo sans plus m'intéresser à rien. J'oublie

son haleine de têtard, sa cravate ficelle, ses phalanges spatulées. Il range son stylo et, d'un geste,
m'indique la salle de soins.

J'y vais sans réfléchir, sans protester. Je passe
une porte coulissante puis une espèce de sas avec
des appareils qui clignotent. J'arrive dans un
grand bureau et m'assieds sur une chaise, non
loin de mon curé, qui se rhabille. Il se marre, le
chartreux, trop content que je prenne sa place.
Je dénoue ma godasse et retire ma chaussette
droite d'une main. Il pouffe de rire. Ça pue
même pas. J'enlève la seconde chaussure, ça pue
un peu... Pas grave, on m'emmène pour l'exa-
men. Mon pote baragouine quelque chose dans
mon dos puis me souhaite bonne chance en
français. Je lui souris en retenant une grimace.
Je retombe sur mon siège et commence à me
masser le mollet. Le toubib fronce les sourcils, se
baisse à nouveau, récupère une aiguille plantée
dans son nœud de cravate et, malgré l'odeur,
se met à me grattouiller la plante du pied. Je ne
sens rien. Je pars en boitillant et en m'appuyant
contre l'épaule de l'infirmière moche. On me
bascule sur la table... Piqûre.

Je fais un rêve où on se retrouve tous... Le
chartreux d'abord, du temps de son apprentis-
sage, un jeune curé en formation que je n'ai
pas connu et qui manie la cognée au fond d'un
jardinet entouré de buis. Il fait sa provision de

bûches pour l'hiver. Les copeaux de bois giclent partout. Un grand christ en mélèze ballotte sur la porte de sa cellule et on a envie de le protéger… Jean frappe le billot sans s'arrêter. Les bûches s'amoncellent sous l'auvent. Dehors, il neigeote. Je cligne des yeux. Il ne neigeote plus. Je me retrouve en ville, par temps clair, avec ma première Élia, qui danse le coupé-décalé devant l'Abribus de la gare routière. Elle se trémousse et regarde au loin, peut-être la ligne bleue des Vosges. Son ventre gonfle à toute vitesse. Elle file chez le cordonnier chinois mettre bas toute une série de bébés qui s'alignent prestement sur le présentoir à chaussures. Loupiots, minots, lardons, marmots, une vraie tapée de braillards. Je cherche des yeux ma seconde Élia, ma Pépète, ma bâtarde aux longues oreilles… Elle est au Café du Nord et se fait sauter par le labrador pelucheux. Le pauvre Marcel, tout éberlué, ne sait même pas comment s'y prendre. Apparaît ensuite Yves Tissot, notre belle gueule, qui picole devant la baignoire aux pieds de griffon. Puis je me retrouve avec le chartreux dans le couvent du début. Je croise la jeune lingère en train de rôtir des beignets de fleurs mâles. Je traverse le champ d'orties. Camille est debout dans la friche industrielle, appuyée à la porte en métal, rêvant de retenir les hommes et de les protéger avec ses mots d'enfant – timbale, royauté –, rêvant de nous accueillir tous du mieux possible, nous les piteux, les pensifs, les sidérés, avec notre petit pinceau qui ballotte entre nos jambes pour les siècles des siècles.

Au réveil, plus personne. Une chambre aseptisée, des draps neufs, un pansement dans le bas du dos et pas trace du chartreux. Je me sens bien, nettement mieux, prêt à décaniller, sauf que je suis à poil avec une chemise sans boutons et une perfusion au bras gauche. Bruit de chariot à l'extérieur. Je prête l'oreille. J'entends marcher dans le couloir… On s'arrête devant ma chambre. Deux femmes discutent sur le pas de la porte, bientôt rejointes par l'interne à la cravate ficelle. Je me retourne dans le lit en grognant. Ils se taisent puis s'approchent sur la pointe des pieds. Le docteur me soulève la paupière. Je me laisse faire. Je lui dévoile mon blanc d'œil façon Tapenade sortant bourré de chez Sylvain Taliano. Ça les tranquillise, cet œil vitreux qui se ferme doucement sans piger.

Ils pensent que je suis encore dans les choux et se mettent à discuter à mi-voix. Je les écoute attentivement. Au bout d'un moment ils se séparent mais j'en sais suffisamment. Ils sortent de la chambre. J'attends deux minutes, pas une de plus, puis repousse la literie d'hôpital et saute sur mes pieds. J'arrache la perfusion. Coup d'œil dehors… Personne. J'enlève les scotchs, la poche plastique et les tuyaux transparents. Je balance tout sur le lit. Ça pue, ces trucs. Je récupère mon sac à dos au fond du placard, avec l'anorak et les comprimés pour la sciatique. Je traverse le couloir et longe le local des infirmières. Toujours personne… J'entre dans le local, farfouille sous le bureau et déniche une boîte en fer emplie de monnaie. Je l'embarque avant de filer dehors. Le soleil m'éblouit. C'est la fin de la matinée. C'est la douche froide aussi. Je me retrouve sur le parking, tremblant de la tête aux pieds et ne sachant trop comment continuer ma vie. Plus ça va moins ça va… Sauf que là au-dessus, les montagnes étincellent. Je vais repartir sur la Ligne, c'est sûr, en tâchant de ne plus causer de tracas à personne. Je veux juste rejoindre ma frontière. J'ai un peu la trouille mais ça me plaît de filer comme ça, à l'anglaise. Les toubibs étaient vraiment trop attentionnés tout à l'heure. Trop aimables. C'est pas bon signe, les gentils médecins compatissants.

15

Plus de clébards dans la remise qui pue l'eau de Javel, preuve que le chartreux est passé par là, qu'il les a pris avec lui et qu'il pense que je vais rester un moment à l'hôpital. Donc il est au courant…

On raconte, Coublevie, on ne commente pas.

Il fait beau, très doux, les névés fondent. La nature resplendit. Élia mène sa vie quelque part là-haut avec Marcel le pelucheux. Les marmottes s'assoient sur leurs fesses et secouent négligemment leurs pattes avant. On dirait qu'elles applaudissent. Je suis de bonne humeur, il me manque juste un peu de pain et de saucisson, plus la réserve de médicaments. Pas grave. J'attendrai… Je suppose que Jean a rejoint la frontière et qu'il marche sans canne, le salopard, rêvant de sa lingère mijotant les beignets de fleurs mâles. *No comment…* Curer la daube des autres, ça donne des langueurs. Il aura fallu que je l'accompagne en Italie, ce vieux pote à demi fou, pour comprendre que je ne vais plus pouvoir marcher sur la Ligne. Pourtant je ne souffre pas vraiment, je me sens bien, j'ai envie d'aimer la terre entière, d'embrasser tout ce qui bouge.

Je rejoins à pied la gare italienne et monte dans un autocar vert olive avec une télé suspendue à l'entrée. Je paye avec les piécettes chourées à l'infirmerie, probablement la cagnotte des petits vieux en long séjour. Je suis pas fier de ce coup-là mais tant pis. Je m'installe à droite du conducteur, devant le paysage. Une heure et demie à fond les manettes en repérant d'en bas les crêtes et les cols où j'ai tellement sué ces derniers jours. Je m'endors à moitié. Quand je me réveille, j'essaie de me remémorer le baratin du type à l'haleine de têtard : hernie complétée, infiltration sous scanner, cortisone au contact. Quelque chose du genre… En ce qui concerne le pronostic, j'ai pas vraiment capté, mais vu leur gueule, ce doit pas être fameux. En attendant je compte les sommets coiffés de petits nuages avec parfois, au loin, l'éclat des neiges éternelles. Elles disparaissent avec le climat, les neiges éternelles. Elles fondent. Moi, c'est pareil, je disparais au fond de mon fauteuil. Je roupille et je me balance de l'éternité.

Le car s'arrête peu après Bardonnèche, devant une sorte de promontoire signalé par le classique fanion en tôle et la cabane rouge de l'Équipement. Je remercie le chauffeur puis descends sur l'esplanade. La Vallée Étroite zigzague à mes pieds, une vaste échancrure lumineuse, une trouée pour le soleil des jours heureux, le départ de toutes les vies, de toutes les lignes. Au bout de l'échancrure, le mont Thabor... Je laisse repartir le car et m'assieds contre un tronc d'arbre. Les Italiens partent en pèlerinage sur cette montagne au moment de Pâques. Douze heures, douze stations, un chemin de croix éreintant et une petite chapelle riquiqui au sommet comme récompense. Ça me branche pas trop, les pèlerinages. Je préfère les visages, ou bien les paysages comme ici... Celui-là est une splendeur. Je me redresse sur le promontoire, m'incline bien bas face à l'Italie, face au Thabor enneigé avec ses deux petits nuages blancs qui ont l'air de se chamailler pour recouvrir la chapelle votive. Je ne les reverrai pas, ces nuages. Je ne reverrai pas les marmottes en train de se lécher les pattes ou de se frotter les yeux.

Je m'engage sur le sentier menant au col. Je marche une demi-heure, m'arrête au beau milieu d'un raidillon pour reprendre mon souffle, tombe à genoux devant une touffe de gentianes d'un bleu incroyable. C'est beau à en claquer, ce bleu ! Là, face à cette couleur d'une densité et d'une profondeur proprement irréelles, je murmure les mots qui m'accablent depuis le réveil : « Becs-de-perroquet, hernies, atrophie musculaire, insensibilité périphérique... » J'illustre avec une connerie à la sauce chemineau du genre : « Larguez les amours » puis ajoute un « *In vino* Levinas » qui me donne des frissons. Faut reconnaître que, cette fois, côté santé, tout part à vau-l'eau… Je vais tâcher d'oublier ces misères et regarder mes montagnes, le bout de frontière que je suis depuis plus de dix ans, la ligne de crête, la Vallée Étroite tout au fond avec sa rivière si belle et si gracieuse… Val touffu. Val de Grâce… Je souris une dernière fois à mes jeux de mots bon marché puis abandonne la touffe de gentianes au bleu époustouflant et me dis que c'est peut-être là-bas, en effet, que j'aurais dû me faire soigner, en France, au Val-de-Grâce, moi, l'ancien pion, le marcheur négligent.

Col des Thures.

Je laisse un message au chartreux sous l'entrée italienne du grand blockhaus. Comme ça, mon cureton pourra organiser tout seul notre fête votive avec les patates à la cendre et les godiveaux. La boucle sera bouclée… Je repars illico et file droit sur l'ancienne limite qui ondule infiniment entre les bosses d'herbes. Je m'arrête à l'aplomb du col, juste devant la Ligne et reste là comme un flan, immobile, indécis. Quinze minutes sans bouger. Après quoi je soulève lentement le pied droit et franchis d'un pas la frontière. Grand écart mon cocu, un mollet après l'autre, pompeusement, solennellement, pour la gloire des chemineaux maigres et malades, pour la nuit des temps et pour les siècles à venir… Joie ! Je me retrouve chez moi, en France. Je redescends vers les fortins et réalise brusquement que je n'ai plus vraiment mal à la jambe, ni au mollet, ni au ventre d'ailleurs. Nulle part.

Terre-plein de l'hélico. C'est plat, ça sent le kérosène et la colle pour modèles réduits, ça donne envie de fumer un cigare et de boire un godet. Je débouche ma gourde, m'assieds face à l'Oisans, appuie la tête contre mon sac à dos et ferme les yeux. C'est tout strié de rouge, l'intérieur des paupières. Le soleil me caresse le visage, c'est vivant, carminé. Finalement je ne picole pas, je somnole et, bien sûr, dans mon demi-sommeil, je retrouve le bellâtre de l'hôpital avec sa cravate ficelle. Scanner, infiltration, haleine de têtard… Salut la compagnie ! Je revois l'épingle à nourrice me titillant la plante des pieds, l'aide-soignante qui puait l'essence de lavande et moi qui puais tout simplement la chaussette. J'imagine une infirmière qui sentirait le propre, le sainfoin et le lait pour bébé. Ça me réveille d'un coup… Je vais bien, je suis vivant. Fini la sieste. Je débouche le litre et m'en paye une lampée. À la santé du curé ! À la vôtre, amateurs de pauvres et de poésie ! À la tienne, Étienne ! Je vais escorter les papillons au col des Thures. Je vais continuer pendant deux décennies à longer ma frontière côté français. Elle ne partage plus rien et c'est tant mieux. Italie-France, même combat. Je bois encore un peu, juste un peu, histoire de me remettre d'aplomb mais là ça ne traîne pas. Je me paye un tord-boyaux.

Évidemment, c'est douloureux. Je n'ai pas marché un kilomètre en me tenant le bide que je boite à nouveau et que tous les problèmes de ces derniers jours resurgissent. Quand je pense que j'ai laissé la lampe allemande chez Camille ! Je ne comprends rien à l'amour, presque rien à l'existence mais, ce qui est sûr, c'est que je suis le suspect numéro un pour la mort de Tissot. Les enquêteurs pédalent encore un peu dans la choucroute mais plus pour très longtemps. Faut récupérer ma pièce à conviction et ensuite dire adieu à tout le monde… Qui ça, tout le monde ? Mystère… J'ai peu d'amis mais j'ai encore de vastes mondes à explorer, invisibles, mystérieux, repliés sur eux-mêmes, comme celui de Camille, pleins d'énigmes et de bonté…

J'entre en ville par la nationale… Direction Café du Nord mais cette fois-ci en prenant mes précautions. S'agit pas de traîner. Je veux retrouver au plus vite mes fleurs et ma petite Élia gambadeuse. Je veux bouffer cette putain de vie par tous les bouts. Boire, marcher, péter plus haut que mon ciboulot, rêver aux deux Élia, rester spongieux, joyeux, insouciant… C'est bizarre, j'y crois pas trop, à ce problème de jambe.

Mounir me repère à la seconde.

Il devient tout pâlot derrière son zinc. Blanc de blanc, mon Mounir… Un Maghrébin qui tourne navet, ça fait erreur sur la marchandise… En plus, le patron n'est pas là. Je souris à mon pote algérien derrière le zinc. Il blêmit encore davantage et oublie de me saluer. Un gris aussi pâle qu'un cachet d'aspirine, ça fait désordre… Ça fait adossé face au monde ! J'ajoute sans rire que ça fait clopin-clopant, entre chien et loup, clair-obscur de notaire et même bonus-malus. Mounir s'étouffe à moitié derrière son comptoir… Comme j'en ai surtout après Sylvain, je le laisse suffoquer et tourne le dos séance tenante. C'est pas utile de traîner par ici. Y a Tapenade qui picole en fond de salle et la petite Camille au boulot près du billard. Ils ne m'ont pas encore vu, ces deux-là. Tapenade se nettoie les ongles avec un cure-dents et la môme a le front penché dix centimètres au-dessus de sa table de travail. Je suis sûr qu'elle écrit une rédac de français.

16

J'aurais jamais dû tourner le dos si vite.

L'après-midi avance, les crêtes des montagnes se colorent de rose, la lumière change insensiblement. Je déambule d'une rue à l'autre en réfléchissant à la meilleure stratégie pour la lampe restée chez Camille. Finalement, je descends jusqu'à la cité des Hirondelles et m'arrête devant une grille d'école. Je regarde la sortie des classes. J'observe les parents, les voitures garées en double file, les mioches qui se courent après, toute cette vie qui déborde… Pour moi, ça ne va plus déborder longtemps. Allez, Coublevie, on évite les bruits de ventre. De toute façon, c'est pas prudent de stationner devant une cour de récréation quand on est un vagabond recherché par les flics… Je récupère mon sac et file en dessous, côté jardin public. Je m'assieds sur le premier banc. Il fait encore chaud mais la lumière est en train de changer. Ça piaille dans tous les coins. Je compte une dizaine de landaus sous les arbres et plein de bébés à quatre pattes dans les bacs à sable. Ça braille, ça gazouille. C'est la fin de l'après-midi et les premières mamans commencent à rassembler leurs affaires. Un groupe de gamins joue au foot sur l'allée en béton, avec un grand-père qui les surveille et qui s'ennuie. Je le guette du coin de l'œil, ce désœuvré-là. C'est un client du Café du Nord. Il me regarde sans me voir. Il est pâle et transparent, exactement comme la belle gueule devant la baignoire en fonte.

Je m'écarte sur le banc pour faire place à une grosse femme qui me pousse d'un mètre, attrape son téléphone portable puis gémit dans le micro qui lui pend sur la poitrine qu'elle souffre le martyre chaque matin que Dieu crée, que sa vie est un vrai cauchemar... Elle mouline l'air avec de grands gestes. Au bout d'une minute, elle se tait. Je déduis de ses silences atterrés que sa correspondante au bout du fil connaît exactement les mêmes ennuis qu'elle, peut-être en pire, un coup de déprime sur le coup de neuf heures juste après les croissants et le jus de pamplemousse. Ça me distrait, ces deux amies qui se chamaillent pour savoir laquelle des deux souffre le plus... Mais, au bout d'un instant, je dois déplier ma jambe et serrer les fesses. Ça me lance jusqu'au talon. J'essaie de ne pas trop faire mauvaise figure, change de position et la crise passe peu à peu. Soupir de soulagement... Le soleil brille, c'est toujours l'entracte, ma voisine remue ses gros seins et moi, là, soudain, j'ai plus vraiment mal. J'ai juste envie d'éternuer. Je me gratte la nuque, me penche en avant et, après une hésitation, me mouche à la turque au-dessus des gravillons de l'allée. Un doigt sur chaque narine en alternance. La grosse pouffe fiche son camp à la seconde et j'occupe tranquillement le banc public jusqu'à ce qu'un petit moustachu la remplace et recommence le même cirque, pousse-toi de là que je m'y mette, etc.

Le nouveau venu ne reste pas longtemps. Il jette un coup d'œil à mon sac à dos et mes chaussures de marche, se relève immédiatement et part récupérer sa progéniture en tirant la gueule... Bon débarras ! Tout le monde tire la gueule ces jours : Sylvain Taliano derrière son zinc, Mounir qui désespère de se trouver une blonde, Camille qui guette l'amour derrière son œilleton, et peut-être même le Chinois à lunettes de la rue Flandrin qui recense les clients snobant son échoppe... Chacun se plaint et gémit sauf les bambins dans leur bac à sable et mon cureton noueux sur la Ligne... Ça laisse pantois, non ? Les adultes autour de nous se portent mal et tous les gosses sont bien portants.

OK, on s'en fiche.

Il faut se tirer de là. Une mamie vient de poser par hasard les yeux sur moi. J'ai l'impression qu'elle me scrute. Très vite, sans raison apparente, d'autres personnes me dévisagent. On m'observe de deux ou trois endroits différents dans le parc. Je ne réfléchis plus. Je me lève et contourne le massif de forsythias qui borde les bacs à sable. Si je me souviens bien, y a un kiosque un peu plus loin, une gloriette en fer forgé servant de refuge aux amoureux… Je remonte l'allée, tourne sur la droite, arrive à la tonnelle. Manque de pot, c'est occupé… Y a déjà quelqu'un mais je ne vois pas qui à cause du rosier qui couvre la gloriette. Il est en bouton, le rosier. Je le note. Je noterai toute ma vie ce genre de détail. Je repars en sens inverse avec l'impression de connaître la silhouette à l'intérieur, ses cheveux gris, son embonpoint…

Je n'ai pas marché vingt mètres qu'un ballon de foot roule dans mes jambes… Je le bloque du bout du pied puis le renvoie à la meute de merdeux. Le goal de service, un gamin avec des dents en moins sur le devant, se plie de rire tellement je m'y prends mal. Moi, je me plie de rire à cause de sa bouche trouée. Je shoote une première fois, puis une deuxième droit dans les poubelles… La balle revient toute seule. C'est la fin de l'après-midi. Les mômes se foutent de ma gueule. Je dégage une troisième fois dans le massif de forsythias et c'est là que tout chavire… Suffit d'un rien, n'est-ce pas, un merdeux sans dents, un buisson de fleurs jaunes qui brille comme une ampoule, un ballon à moitié dégonflé, un banc public.

Je me précipite vers l'arbuste, dégote le ballon sous les branchages et reste à genoux au beau milieu des fleurs. Normal, non, de profiter de cette couleur magnifique ? On se croirait dans une bulle d'or, un écrin de lumière ocrée, une auréole de saint... Je m'accroupis entre les rameaux. C'est comme éclairé de l'intérieur, ça diffuse, ça rayonne... Je hume comme un fou. Ça sent fort et ça fait tourner la tête. Je jette un coup d'œil vers les bacs à sable. Le berchu a déserté son poste. Le goal et ses trois potes se fichent complètement de leur ballon. Alors je m'en balance aussi, je profite de cette immersion incroyable dans le jaune pur. Je me cale au fond du massif en m'installant du mieux possible. Quelqu'un remonte l'allée, je regarde dans sa direction mais il disparaît aussitôt. Je jette machinalement un coup d'œil de l'autre côté, à droite, vers la gloriette et, là, touché !... Penalty ! Ça chavire... Pour la deuxième fois dans la même journée, la terre tremble. Je me recroqueville à l'intérieur du forsythia et tout s'écroule. Je reste invisible mais je distingue parfaitement la silhouette qui s'agite sous la treille. C'est un homme. Je sais qui c'est. Il s'appuie au grillage en jetant des coups d'œil apeurés autour de lui puis il glisse son visage dans le rosier. Il frotte la joue sur les fleurs, les respire, les hume.

J'écarte une branche pour mieux voir.

Ça y est, coulé ! Le type se tourne dans ma

direction en mordant dans une rose. Il est fichu, ce mec… Il mâche sa fleur et il est seul au monde. Pas besoin d'en savoir plus. Je recule. Je ne contrôle rien. Tu pètes de trouille, Sylvain Taliano. C'est bien toi, bistrotier, avec tes poches sous les yeux et ton air bourru. C'est toi qui mâchonnes sous la gloriette comme un animal traqué. Tu te redresses, tu balaies le parc des yeux… T'as cru entendre du bruit mais, non, rassure-toi, y a personne dans le coin. Je te vois attraper une nouvelle tige, décapiter le bouton, le glisser entre tes lèvres… Juré, je vois tes gros doigts abîmés par la vaisselle qui enfournent le bouton de rose, ta bouche qui mastique puis deux grosses larmes de bistrotier qui tracent leur route n'importe comment sur ta joue.

Chacun reconnaîtra les siens.

En premier lieu Camille, la victime, l'enfant martyre, l'enfant proie...

Ensuite le témoin, probablement le seul de toute cette affaire, Yves Tissot, retrouvé mort dans la salle de bains de la rue des Trois-Mariées. À l'évidence, sa tête a percuté le bord de la baignoire. Choc volontaire ou accidentel, on l'ignore... Mais, moi, j'ai accusé sans preuve la belle gueule avec ses chaussures jaunes, j'ai suspecté à tort cet agrégé des douanes qui écrivait des lettres et lisait des poèmes... Je me trompais. Je le regrette. Peut-être avait-il compris avant tout le monde ce qui se tramait dans l'alcôve du Café du Nord. Peut-être a-t-il chèrement payé sa découverte.

Les coupables, maintenant : Sylvain, le criminel, le violeur, celui qui tente de se punir en avalant des bourgeons. Et puis Camille aussi, la petite martyre qui ne dit rien, qui soutient son bourreau. La jeune violée qui malgré tout protège son violeur… Mounir aussi, probablement, l'employé arabe, le pote de toujours qui ferme les yeux.

Enfin, les accusés. Pas si nombreux que ça, les meurtriers en puissance… Ces trois-là bien sûr : le violeur, la victime et leur complice, unis ou désunis, j'en sais rien… Et puis moi, Coublevie, suspect numéro un, cocu, vagabond, qui tombe par hasard sur ce qu'il ne devrait pas, laisse des traces partout et, un jour ou l'autre, va se faire rattraper par la justice.

Je file au dépôt de ferraille en boitillant comme un retraité. Ma jambe me lance de plus en plus. C'est le soir. La route d'Embrun s'incurve doucement derrière le transformateur EDF. Je balance un coup de pied dans la palissade, longe le mur en briques, dépasse le socle en béton, pousse la porte en fer, écarte un frigo et une antenne télé que je n'avais pas vus la première fois, ramasse trois orties, trois tiges plutôt maigrelettes qui sentent l'urine et me les passe sur la joue. Quand on manque de repères, ce genre de truc, ça remet les choses en place… Je me frotte le bas du visage. Les orties brûlent juste comme il faut… Et puis, après, je les jette, bien sûr. Je ne comprends rien à ce monde absurde. J'avance en claudiquant au milieu de la friche et essaie de deviner ce qui pourrait encore nous advenir. Camille a enduré le pire mais voilà, c'est comme ça, elle se tait, elle ne dit rien. Elle a connu toutes les épreuves mais elle couvre son criminel. Elle épaule son géniteur. Elle le défend… Je me souviens de ses mots sous le ciel en plâtre de la chapelle de Constance.

— Les femmes, ça sert à ça, Coublevie, à vous accueillir, vous protéger…

Elle ramassait les perles et poussait ses soupirs de gamine. Elle déchiffrait les ex-voto. Elle arrangeait le bouquet de fleurs en plastique.

Je ne peux imaginer où conduira sa compassion.

Le jour tombe, la lumière faiblit. Le ciel se teinte de rose. Devant moi il y a un terrain vague avec des traverses de chemin de fer, des palettes usagées et des orties au milieu. J'arrache les orties sans raison. Je les arrache parce que je ne sais pas ce qui va nous arriver maintenant. Je ne comprends rien à la vie, rien aux enfants des hommes ni à leur miséricorde.

18

La môme est assise dans l'alcôve avec son ex-voto. J'ai l'impression qu'elle m'attend, qu'elle m'a entendu arriver. La lampe en vessie de porc n'est même pas éclairée et une lumière blafarde tombe par la lucarne du nord, sorte de vasistas en fer tout rouillé. Camille est tranquillement assise dans la pénombre, vêtue d'un gros pull marron et, moi, sincèrement, je ne me sens pas trop dans mon assiette… Je suis venu par la ruelle, après avoir vérifié que Sylvain était bien à son poste au Café du Nord, derrière le zinc. Camille m'a ouvert, m'a souri assez gaiement puis est retournée s'asseoir sur le lit. Elle était en train d'écrire quelque chose dans son cahier à spirale. Elle me l'a montré avec une moue fière et résolue. Maintenant elle garde la tête baissée. Elle m'ignore et sa main griffonne à toute allure. Une odeur de croissant traîne dans la pièce. Ça fait longtemps que je n'ai pas vu Camille comme ça, absorbée, confiante, radieuse. L'œilleton brille à la tête du lit, obturateur levé.

— Je peux jeter un coup d'œil dans ta lorgnette ?

Elle hoche la tête. Je m'accroupis et regarde l'intérieur du bistrot. Immédiatement, le dos de Sylvain me saute à la figure... Je vois son cou de taureau comme s'il était à quelques centimètres, ses cheveux grisonnant sur la nuque, le col de sa chemise un peu sale. Je fais un bond en arrière et rabats la pastille en cuivre. Camille attrape son sac sur la table de nuit.

— T'arrives chez les gens comme ça, sans avertir, avec ta sacoche et tes grosses godasses ?

— J'ai croisé ton père dans le jardin public...

Elle me fixe une seconde, attendant mes explications.

— Je viens récupérer la lampe.

Elle ouvre son sac à main en levant les yeux au ciel. Je fronce le nez et me dis que, finalement, ça sent plutôt la baguette de pain avec une odeur de cacao en arrière-plan, ou de noisette, d'amandes grillées. En effet, elle sort un pot de Nutella de son sac et commence à se préparer une tartine. Je me laisse tomber au bord du lit.

— T'as l'air crevé, Coublevie.

Elle s'assied à côté de moi puis mange en se grattant l'oreille.

— Ton père fouinait dans la gloriette. Y avait des fleurs partout...

Là, elle arrête net de se gratter l'oreille. Désorientée d'un coup, la môme. Elle pose sa tartine et se prend la tête entre les mains. J'hésite encore. Elle semblait si tranquille à l'instant dans la piaule couverte de posters, avec l'œilleton et l'odeur de Nutella.

— Quoi, plein de fleurs ?

— Rien, Camille… Je suis venu te dire adieu. Je suis malade. J'ai attrapé une saloperie là-haut sur ma frontière.

Je tends la main pour éclairer l'abat-jour. Elle m'arrête d'un geste, ouvre son tiroir, en sort la lampe allemande, presse sur la poignée. La crémaillère chuinte.

— Ça me chamboule. C'est arrivé brutalement.

Camille actionne la dynamo en tirant la langue. Le faisceau traverse la pièce, s'arrête sur mes chaussures, remonte vers mon visage.

— Appuie à fond. Relâche. Appuie de nouveau.

— T'as vraiment une drôle de tronche. C'est quoi, ton truc ?

— Sciatique récidivante. Je sens plus mon mollet. Je sens plus mon pied.

Elle secoue la tête, pose la lampe sur la table de nuit et pousse un gémissement. La lumière faiblit, le carnet à spirale disparaît. Elle me demande si c'est grave. J'approuve de la tête avec un geste fataliste… Elle soupire puis se met à renifler dans le noir. Elle étouffe un sanglot, renifle deux ou trois fois puis se mouche dans son pull. Soudain, elle m'attrape la main, m'attire vers elle et m'embrasse fébrilement le poignet. J'ai l'impression que ses baisers claquent comme des reproches. Elle se blottit contre moi. Je reste complètement tétanisé, sans penser à rien, incapable de réagir. Camille me fixe droit dans les yeux. Elle s'écarte. Un frisson la parcourt. Ses lèvres s'affaissent imperceptiblement. On dirait qu'elle mesure les conséquences de son geste. Elle fait la grimace. Plus trop le choix, Coublevie, faut se casser maintenant. J'aime pas sa pitié. Je me lève et recule à travers la pièce avec un goût d'ortie dans la bouche.

— Sylvain tourniquait comme un porc dans la gloriette. Y a un rosier grimpant là-bas. Il a choisi un bouton de rose, l'a arraché et l'a bouffé. Il a recommencé trois fois. Une première, une deuxième…

— Adieu, Coublevie !

— Je fais quoi, moi ? Je dénonce vos conneries ? Je raconte tout aux flics…

Elle bascule sur le lit et récupère la lampe.

— Ils finiront bien par m'attraper. Comme vous avez chacun votre alibi, je reste le principal suspect. Qu'est-ce que je fais s'ils m'arrêtent ? Je me laisse accuser ou je déballe tout ?

Ses phalanges blanchissent à nouveau sur la crémaillère. La lumière fuse peu à peu.

— Ça dure depuis combien de temps, Camille ?

— Des années.

Camille appuie à fond sur ma lampe de

guerre. La lumière balaie les murs de l'alcôve. La piaule s'illumine.

— Qu'est-ce que t'as fait de la chienne, Robert ? Elle est passée où, la petite Pépète ? T'es malade ? T'es vraiment malade ?

Je cligne des yeux. Elle arrête avec cette lampe, gémit à nouveau et se recroqueville au milieu du lit. L'obscurité retombe autour de nous.

— Reste avec moi, s'il te plaît.

Elle me dit qu'elle a peur d'être seule puis pousse un soupir et disparaît sous les couvertures. La lueur du vasistas troue à nouveau la pénombre. Je discerne à peine la forme de son corps.

— Ne t'en va pas, Robert. C'est pas le moment… T'as mangé ? Tu veux une tartine ?

Je dois me pencher sur le couvre-lit pour l'entendre.

— Il ne fait plus rien. C'est fini. Il reste juste à chialer derrière ma porte. Alors, des fois, je lui tiens la main. Ça le calme…

— Tu te rends compte de ce que tu dis, Camille ? Tu réalises ?

— Parle plus doucement ! J'aime pas quand tu cries comme ça. Il pète de trouille à cause de la mort de Tissot. Il a vraiment peur. Il réfléchit maintenant. Il ne fait que ça. Seulement parler et réfléchir. Tout le temps réfléchir… C'est quand même mieux, non ?

Je lui demande ce qui est mieux. Elle secoue la

tête et me dit que tout a démarré un dimanche
où son père avait sa crise. Tissot venait proposer
une balade. Il a frappé à la porte et elle lui a
ouvert, croyant que c'était Mounir. Ses habits
traînaient dans tous les coins. Elle était en
larmes. Tissot l'a tirée dans le couloir et rhabil-
lée à toute vitesse. Son père, rouge de honte,
tournait comme un fauve dans la pièce. Tissot
s'est mis à l'insulter. C'était peu avant le dîner
de salauds. Camille pousse un soupir sous son
couvre-lit puis ajoute d'une voix minuscule qu'ils
devenaient fous tous les deux... Je me penche,
appuie au hasard sur la couverture. J'effleure un
bout de corps recroquevillé.

— Tissot ne supportait pas de me voir comme
ça. Papa était démasqué. Ils auraient pu s'entre-
tuer dès le premier soir, ces deux-là...

Le visage de Camille réapparaît une seconde.

— Ça va, Robert ?

Elle attrape le coussin avec la girafe et le glisse
sous sa tête.

— Tu te rappelles le cœur en contreplaqué ?

— Oui.

— Tu te souviens de la neige dans la cour, le
lendemain ?

— Oui.

— Tu sais que les flics sont venus relever les
traces ? Fais gaffe ! Jette ces vieilles godasses,
débarrasse-toi de ces fringues...

Camille glousse de rire.

— C'est nul, des brodequins pareils !

Je fais la moue.

— De toute façon, ils puent.

À quoi elle pense, cette môme ? Elle est abusée par son père et elle ne dit rien. Elle le protège… Même confondue par Tissot, elle soutient son violeur… Et, au final, c'est devant moi qu'elle vide son sac.

— Si au moins ta femme s'en était pas mêlée.

— Quoi ?

— Élia, ton ancienne femme ! Elle saute sur tout ce qui bouge, celle-ci. Elle baisait déjà mon père. Le soir en question, en plus, elle a voulu se payer Tissot. Tu crois ça ?

— Je crois plus en rien.

— Mon père était bourré. Le douanier aussi. Ils se sont battus à cause d'Élia ou peut-être à cause de moi, j'en sais rien. En tout cas ils se sont donné sur la gueule et la tête de Tissot a frappé la baignoire. Ton ancienne femme m'a appelée. J'ai pas répondu. Elle est venue chercher de l'aide au bistrot et j'ai dû repartir en sens inverse. Bien sûr, on est arrivé trop tard. Tissot était allongé sur le carrelage de la salle de bains avec mon père à côté de lui, à moitié conscient… La lampe allemande traînait dans un coin. On a tout rangé. On a laissé le corps en haut et on a lavé le reste. Ça a duré des plombes, ce nettoyage. Après, quand tout a été nickel, ils sont partis en se tenant la main, mon père et

Élia. Il y a un passage au fond de la cour. Ils se sont sauvés par là.

Camille sort la tête du drap.

— Elle te déteste.

Je hausse les épaules. On entend les bruits du bistrot juste au-dessous, une bordée de jurons puis, un instant après, des éclats de rire. Camille se relève, visage tendu, chiffonné. Elle s'apprête à ajouter quelque chose, se ravise, attrape son sac à main, cherche un truc à l'intérieur, sort l'ex-voto de Sainte-Constance.

— T'es le suspect numéro un, Robert. En tout cas moi, au moins, j'ai voulu t'aider. Je suis allée récupérer ta lampe.

— Et ton père ?

— Il pète de trouille… C'est un minable. Il me laisse tranquille maintenant. Il fera plus rien, j'en suis sûre.

Camille me tend l'image pieuse en arrangeant ses cheveux. J'attrape la nonne coupée en deux, la glisse au fond de ma poche. Camille sourit tristement et récupère son goûter sur la table de nuit. Je sens à nouveau l'odeur de Nutella.

— Tu dis rien ?

Je hausse les épaules, incapable de parler.

— Papa ne ferme plus l'œil de la nuit. Il a complètement arrêté de m'emmerder. C'est fini. Il me touchera plus.

— Et moi, dans l'histoire, qu'est-ce que je fais ?

— Faut lui foutre la paix.

Elle me regarde en inclinant le visage.

— T'es tout pâlichon.

Elle bascule vers le lit.

— Faut le laisser tranquille, Coublevie…

Ses cheveux tombent sur ses épaules. Je ne sais plus que dire. Elle se remet à grignoter, balance sa jambe en travers du lit et triture l'œilleton du bout du pied. Je chuchote que je vais quitter la ville au plus vite, que je ne reviendrai plus.

— Tu pars quand ? Ce soir ?

Je hoche la tête. Elle me fait signe de m'approcher. Je m'approche. Elle pose son quignon de pain, s'appuie au mur et promène son doigt sur mon visage. Le tintamarre recommence en dessous. Je sens le doigt qui me frôle mais je ne bouge pas. Elle chuchote que, décidément, j'ai un drôle de teint, pas du tout le bronzage habituel.

— Je sens plus ma jambe droite…

Elle me fait répéter. Je répète. Elle a un frisson. Elle me dit qu'elle tient beaucoup à moi puis éclate en sanglots. Elle pleure une minute. Ça me suffit pour comprendre qu'elle est à bout. Elle chiale pour un rien, cette môme, elle rit pour un rien. On peut pas lui en vouloir après tout ce qu'elle a subi… Je m'allonge à côté d'elle en soupirant. Elle se recroqueville. Je me recroqueville exactement comme elle. C'est bizarre, nos deux corps séparés par mon barda de chemineau. Elle pose à nouveau son doigt sur mon visage. Je marmonne qu'on va s'en sortir. Elle ôte son doigt.

— Je veux juste oublier, tu comprends ?

— Ça sert à quoi, de continuer à défendre Sylvain ?

— C'est mon père.

— Qu'est-ce que tu vas faire maintenant, Camille ?

— Rien. Attendre. J'ai besoin d'être tranquille. Je veux regarder les gens en face. Même toi…

Elle roule sur le lit. Au bout d'un moment elle soupire puis se serre un peu contre moi. Je lui dis qu'elle sent le Nutella et qu'elle a deux petites fossettes sur les joues quand elle rit.

— Toi, t'as une drôle de gueule et pas mal de cheveux blancs… Tu te rappelles quand tu m'aidais pour les devoirs ?

— Oui.

— Dis-moi, Robert, c'est grave, ton truc au pied ?

— Oui.

Elle détache la mie de son quignon de pain, la triture puis me tend la boulette qu'elle vient de pétrir. Je gobe. Je n'ai jamais aimé le pain malaxé comme ça mais je mâche quand même. Elle confectionne une seconde boulette et me la tend. Je gobe de nouveau. On a l'air d'un couple qui se donne la becquée. Peu à peu elle se détend, laisse tomber sa tartine, pose ses bras sur la couverture et ferme les paupières. Sa respiration se ralentit. Elle s'endort en serrant les poings. Je respire son haleine. C'est chaud, parfumé. Je me lève doucement, jette un dernier regard dans l'œilleton, revois la nuque du bistrotier qui surgit en gros plan, ses cheveux gris, ses épaules qui s'affaissent. Y a plus grand monde en bas, juste Mounir. Le Café du Nord est vide et tout illuminé.

19

Qu'est-ce qui s'est passé pour la grand-mère ? Mystère…

Camille en parlait très souvent. Elle portait tout le temps le bonnet fuchsia et, à la moindre occasion, enfilait la chemise en dentelle. Je ne serais pas étonné qu'elle ait découvert quelque chose, cette mamie-là… Peu importe, c'est de l'histoire ancienne.

Je file à l'hôpital.

Là-bas, personne me connaît. J'attends une demi-heure aux urgences jusqu'à ce qu'un type en blouse blanche vienne m'engueuler parce que je n'ai pas ma carte Vitale. Les cartes, on s'en doute, d'identité, de fidélité, d'invalidité, de vitalité, je m'en bats l'œil… Je le lui dis. Il m'attrape par la manche, m'emmène dans une sorte de box avec un lit minuscule et me bascule sur le matelas. J'étouffe un gémissement. J'enlève tant bien que mal mon pantalon et il recommence avec l'épingle à nourrice comme l'autre rital à la cravate ficelle. Il essaie de me chatouiller. Il me gratte la plante du pied avec son aiguille, les orteils, me picote le mollet et finalement, comme je ne sens pas grand-chose, m'observe la jambe dans tous les sens et me demande si j'ai constaté un amaigrissement. Je serre les lèvres pendant qu'il me manipule, bafouille que je regarde pas mes jambes, que j'arrive de Bardonecchia et qu'on m'a injecté un truc là-bas avant de partir.

— Vous n'auriez jamais dû marcher comme ça… Votre hernie est en train de se compléter. Le produit a perdu son efficacité à la descente. Il va falloir faire une IRM. Le pronostic est très réservé. Revenez demain matin.

Je me fiche de l'IRM et de son pronostic.

Je veux juste revenir sur mes pas. Je grimpe une dernière fois vers ma frontière, comme un petit vieux, un pied après l'autre, montant le lacet de Plampinet sans regarder les pervenches ni les asphodèles, ni l'église romane et son clocher à bulbe, ni les vieilles maisons tout autour avec leurs toits en mélèze qui s'empilent les uns sur les autres et donnent au village son allure de tortue. Je monte une dernière fois en altitude, dépasse une à une les chapelles, contourne les couloirs d'avalanche. Je suis en nage mais, grâce aux antalgiques, je marche quand même comme un seigneur. Un seigneur désemparé,

inquiet, travaillé de l'intérieur, à peine essouf-
flé comme il faut. Pas un regard vers les églan-
tines en fleur de Sainte-Constance ou vers le
ruisseau qui dévale du col des Thures. Pas de
nostalgie devant les fortins en ruine, ni devant le
mont Thabor au loin, ni même devant la Vallée
Étroite, longue et éblouissante, qui resplendit
au détour d'un virage. Elle est grande ouverte
devant moi, si douce, si alanguie que je m'arrête
une minute en face pour me caresser vite fait
bien fait. Ainsi soit-il ! C'est la vie et c'est nécessaire… Je me branle sans penser à mal, ni à rien,
ni à quiconque. Surtout pas à Camille ni à la lingère aux yeux mauves de mon pote le chartreux.
Je le fais une fois pour toutes et pour les siècles
des siècles. Après quoi, je file au rendez-vous.

Personne devant l'entrée du grand blockhaus.
Dans la tourelle, personne non plus. Je laisse
un second message en haut du puits principal,
sur le cerclage en fonte, annonçant au curé
que ça va nettement mieux, que j'ai retrouvé le
moral mais que je devrai quand même me faire
soigner un peu en France. Je demande des nouvelles de tout le monde : Marcel le pelucheux,
ma petite Pépète Élia, la brunette adossée face
au monde qui prépare des beignets de fleurs
mâles, des nouvelles de Jean lui-même bien sûr,
de son cœur et de ses rhumatismes. Après quoi
je ressors en pleine lumière.

Il fait un temps magnifique. J'essaie d'imaginer la suite, la vie sans frontière, sans marmottes, sans sac à dos, sans courbatures ni nuages en haut des crêtes, la vie en chaise roulante devant un poste de télévision. Ça ne suffit pas comme douche froide. Je dois avoir les bourses en cavale… Je m'appuie contre un caillou envahi de lichens et me triture à nouveau le petit pinceau. Gloire au plus haut des cieux. Raté ! Pas d'image cette fois-ci… Ne viennent que les pauvres sourires d'Élia au moment de notre séparation, ceux du chartreux sur la Ligne ; ceux, contrits, de ma petite Camille ; et ceux de tous les autres, Mounir, Tapenade, ma mère malade, etc. Je me relève en serrant les poings, retourne à pas lents jusqu'à l'entrée du blockhaus, ajoute une note à l'intention de ma chienne avec son nœud de poils au sommet du crâne, un post-scriptum où je demande au curé de faire sa coiffure le plus souvent possible et de la laisser vivre comme ça, mon œuf de Pâques, ma saucisse amoureuse et fidèle, ma Pépète sans peur et sans reproche, toujours sur son trente et un… Faut jamais oublier le grand regard des bêtes… Moi, je me prépare au grand regard des juges.

La Ligne imaginaire s'enfile entre les montagnes des Hautes-Alpes.

Elle louvoie. Je ne la franchirai plus.

Les névés fondent peu à peu au soleil de printemps. Il y a des anémones par milliers, des narcisses et des gentianes, des petites fleurs sans tige d'un bleu incroyable, sans parfum, qui dessinent des coulées lumineuses entre les langues de neige. C'est vif, dense, provisoire, d'une fraîcheur et d'une beauté stupéfiantes. Ça rappelle les yeux de Camille. Ça rappelle les arabesques indigo autour de ses pupilles de môme paumée et violentée. Il fait doux sur la Ligne. Au-dessus de moi le ciel est bleu sombre, presque noir, avec quelques nuages dorés annonciateurs de beau temps. En face, dans le névé pentu, un jeune bouquetin fait des cabrioles. J'aperçois deux marmottes guettant sur leur rocher en plein soleil. Elles reniflent sans fin l'air des montagnes. Elles sont sur le cul, les marmottes. Il y a aussi les ruisselets qui débordent, les tapis de rhododendrons en fleur et des papillons grenat qui volettent trente centimètres au-dessus. Ils volettent sans raison, sans ordre… Juste pour crâner. Ils volettent mais ils ne vivent pas plus d'un jour, ceux-là, le temps de traverser le monde et de nous épater. Ils sont heureux mais presque déjà tous morts. Ils s'en fichent. Moi pareil… Je me retire. Je me tiens à l'orée du bois et j'ai peur. Juste un peu.

20

Je descends en ville piquer un téléphone portable.

Les chemineaux ne volent jamais rien mais, là,
force majeure… J'ai dit adieu aux fortins du col
des Thures et à la Vallée Étroite et je retourne me
rendre utile à Briançon. Droit sur le jardin public
et ses allées de gravillons, ses bacs à sable, son
forsythia, ses crottes de chien, sa tonnelle… J'ai
besoin d'un coin sûr et abrité et, bien entendu,
je choisis la gloriette. Elle se dresse à l'angle nord
du parc, un peu à l'écart, desservie par ce sentier que j'ai suivi il y a deux jours. Plus trace de
Taliano, évidemment. Je m'installe à l'intérieur
le plus confortablement possible. Pendant que je
somnole, deux ou trois mamies viennent glisser
leur tête sous le rosier grimpant. Elles tirent la
gueule en me voyant allongé sur le banc, bien
tranquille, essayant de piquer un somme sous
ma casquette. Je relève la casquette chaque fois
qu'un visage apparaît à l'entrée puis la repose sur

mes yeux en disant aux visiteuses d'aller se faire voir ailleurs. Ça me fait du bien de les envoyer paître mais il faut reconnaître que c'est un plaisir idiot. Je le regrette à la seconde. En réalité, j'ai envie d'être aimable. J'explique à la troisième mamie que j'ai mal à la jambe et que je suis bien obligé de m'allonger de temps à autre. Je lui présente mes excuses. Elle tourne les talons.

Finalement je le choure à une Maghrébine, le téléphone portable. Une jeune Arabe en cloque, vingt ans et des brouettes, avec un bébé dans une poussette et un mioche de six ans qui lui sautille autour en se tenant l'entrejambe. Le gosse a très envie de pisser. Ils passent devant moi et elle lui gueule de se retenir. Dix mètres plus loin, arrêt sur une jambe... Le gosse râle de plus belle. La femme abdique, pivote son landau, rebrousse chemin et se faufile dans ma direction. Faut dire que c'est pratique pour baisser culotte, une gloriette : clos, discret, fleuri, gravillonné. Sauf que, manque de pot, y a un chemineau tout sourire qui traîne à l'intérieur.

— Je vous garde la poussette, si vous voulez... Y a personne.

La femme plisse les yeux derrière son voile. Son môme n'arrête pas de bramer. Il se triture l'entrejambe alors que sa mère me sourit avec les yeux. Quel gâchis ! J'attrape le landau pendant qu'elle tire son fiston derrière les bosquets. Ils disparaissent sous le feuillage. Je jette à peine un coup d'œil au bébé noiraud, un mioche genre Mounir, bouclé comme un mouton. Je lui caresse le crâne puis m'empresse de passer la main sous son oreiller. Rien. Sous la couette, rien non plus. Je vire le paquet de couches, le lait pour bébé, la capote en plastique pour la pluie… Rien. Finalement, je retourne le matelas et découvre le portefeuille juste en dessous, plus un biberon, un téléphone portable et un paquet de boudoirs entamé. Je récupère le portable et les boudoirs mais je laisse le portefeuille. Je ne suis pas fier pour autant. Je me sens même minable et m'enfuis au plus vite. Passé la grille du parc, je dois ralentir à cause de ma jambe. La maman vient à peine d'arriver sous la gloriette. Elle aurait le temps de me rattraper mais elle préfère s'occuper du môme. Je l'entends s'exclamer, remuer son landau puis, peu après, pousser un cri de soulagement. Elle a retrouvé le portefeuille et le biberon. Du coup, je crois qu'elle oublie son portable…

Je file vers la citadelle en dévorant les boudoirs et en me persuadant que j'agis pour la bonne cause. Mon projet va avancer d'un coup avec ce téléphone qui patiente au fond de ma poche. Sauf que j'ose pas trop le manipuler. Il a sonné deux fois et j'ai pas répondu. Les touches sont minuscules. J'ai peur de faire une bêtise. Je file acheter des gants de maçon et une bombe de polystyrène au Bricomarché du coin.

Puis, en attendant le soir, je pique un somme derrière l'église.

Lundi 18 mai, 22 h 30. Nuit noire…
Trois lampadaires illuminent le bas de la rue Flandrin. L'ampoule du milieu grésille. Le Jumpy gris perle est en faction exactement là où je l'attendais. Les gendarmes sont en planque. Ils ont bien bouffé, bien bu. Ils en écrasent sur le tableau de bord, entourés de chips, de mégots, de papiers gras… J'arrive en bleu de travail, discrète-ment, par les cours d'immeubles. Je m'approche à pas de loup après avoir bidouillé le portable de la Maghrébine et réussi à le mettre en mode silence. Il fait froid de nouveau. La température a chuté d'un coup. J'arrive comme un voleur, m'accroupis à l'arrière du véhicule, décapsule la bombe de polystyrène et la vide en douceur dans le pot d'échappement du Jumpy. Je le remplis jusqu'à la gueule. Pot belge ! S'agit d'aller au fond des choses, cette fois-ci. C'est mon ultime canular, ce pot d'échappement bourré de polysty-rène expansif. Ma dernière salutation. Une petite blague de chemineau qui, dans le fond, voudrait bien un jour ou l'autre se mettre à aider son prochain. Voilà ce que j'ai trouvé pour tirer ma révérence et, accessoirement, donner un coup de main à Camille. Mille regrets, ma Camille ! Je ne t'ai pas dit au revoir… Reçois mon amitié. Reçois mes excuses palpables à l'œil nu.

Sauf que nos amis les bêtes n'en font pas vraiment partie, du monde palpable à l'œil nu, et qu'ils pigent rien à rien… Ils s'y connaissent peut-être en pots catalytiques mais pas du tout en polystyrène expansé. Mousse et gaz propulseur, c'est avec ça qu'on colmate les trous, qu'on isole les endroits difficiles d'accès. Je m'accroupis au cul du Jumpy et vide ma bombe. Le polystyrène s'expanse correctement puis déborde sur le goudron. Je le regarde dégorger et j'abandonne là mes potes ronfleurs.

Action, réaction…
Faut rejoindre ma piaule à présent. Je traverse la rue et me glisse derrière la grille bloquant l'entrée de l'immeuble. J'écarte la plaque de contreplaqué qui condamne la porte et passe à l'intérieur. Y a pas l'électricité mais je connais les lieux par cœur. Je monte les quatre étages et rejoins mon palier. Ils ont mis des scellés. Normal… Je brise ceux de ma chambre et entre avec la clef vert bouteille. Je balance mon sac sur le matelas qui pue la clairette de Die, craque une allumette et, sans perdre une seconde, dégage un moellon sous l'ancienne fenêtre. Ça fait comme une meurtrière qui donne sur la rue et laisse passer un peu de lumière. La nuit, ça permet de guetter… Le moellon commence à pivoter pile au moment où le portable se met à vibrer au fond de ma poche. Je laisse sonner…

L'agglo se coince. J'essaie de le débloquer avec la main alors que le téléphone me chatouille de plus en plus. Finalement je balance un grand coup de pied dans le mur et la meurtrière s'ouvre à moitié. Dans le même temps, le téléphone cesse de me grattouiller la cuisse. Second coup de pied… Les moellons pivotent l'un sur l'autre puis basculent d'un coup à l'extérieur. La lumière du réverbère inonde soudain la pièce. Les agglos rebondissent contre la potence EDF et se fracassent un peu plus loin, en bas du trottoir, juste en face du Jumpy. Ça fait un bruit du diable. Avec un vacarme pareil, les flics devraient quand même finir par réagir.

Même pas. Le brigadier-chef lève à peine une paupière. Il regarde vaguement dehors, ne voit rien, bricole quelque chose sur son tableau de bord et se rendort illico… OK, c'est parti, deuxième phase du plan d'action. Je récupère le téléphone.

17. Police-Secours.

Je prends ma voix mielleuse.

— Robert Coublevie, chemineau sur la plus belle frontière du monde, recherché pour le meurtre d'un agrégé des douanes…

— Quoi ?

— J'ai tué personne, j'ai juste chouré un portable à une mère de famille. C'est pas dans mes habitudes, de voler les mères de famille. Ça me file des remords. Il faut bien se repentir un jour ou l'autre, pas vrai ? Surtout si la femme en question est d'origine maghrébine. Alors c'est décidé, je me repens…

— Quoi ?

Je lui répète que j'abdique, que je rends les armes, que je rends mon tablier et tout le toutim à condition qu'on me fiche au trou vite fait bien fait et que, là-bas, en taule, on me traite comme un seigneur… Le flic gueule qu'il en a sa claque des mecs bourrés.

— Détends ton string et grouille-toi de venir me passer les bracelets !

Il bredouille. Je l'entends haleter au bout du fil puis prendre une grande inspiration.

— Nom, prénom, adresse. Nature de la menace. Personnes concernées.

— Cherche pas. J'aime bien comme tu bafouilles. Je te refile une dernière info et, là, tu pourras pas rester bras ballants sans rien faire. Écoute bien, mon pote ! Il y a un Jumpy gris souris sous ma fenêtre, un utilitaire bourré de gendarmes et bouché à l'émeri par en dessous. Promis juré, il va péter incessamment sous peu.

— Quoi ?

— Arrête de dire « Quoi » toutes les trois secondes !

Il s'étrangle. J'ajoute que, de nos jours, nos amis les bêtes font plutôt mal leur travail. Enfin, la police, les gendarmes… Il hurle « Quoi » en entendant « nos amis les bêtes ». Je réponds qu'il y a une bande de branlots en planque devant mon immeuble alors que j'y suis déjà, moi, en planque dans l'immeuble en question. Je rajoute un truc sans rapport mais que j'aime bien : tablier de sapeur. Je ne sais pas pourquoi je dis tablier de sapeur, j'aurais pu dire aussi bien cabriole ou Ginette-apocalypse mais je murmure tablier de sapeur. Le type me raccroche au nez.

À ce moment-là un des planqués du Jumpy émerge du sommeil. Il boutonne sa veste et noue son écharpe en gueulant que ça caille vraiment dans cette ville de merde. Son voisin se réveille à son tour et ils décident tous deux de brancher le chauffage. Tant pis pour les instructions. Y en a marre, on démarre… Je les vois discuter en me penchant légèrement dehors. Le brigadier-chef tourne la clef de contact. Moi, je rigole bien derrière mon trou d'agglos. Il n'y a plus qu'à attendre que le moteur chauffe, que les gaz d'échappement se compriment contre mon bouchon. Je tends l'oreille mais rien ne vient. Alors, là, j'ai comme un doute. J'allume ma lampe allemande et la glisse dans la meurtrière. Au bout de trois minutes le moteur du Jumpy se met enfin à toussoter tandis que, parallèlement, je me signale du mieux possible depuis la piaule. Je presse la dynamo à deux mains et éclaire tout ce fourbi. Ils n'y comprennent rien, là-dessous, dans le véhicule banalisé… Le moteur toussote. L'habitacle vibre bizarrement. La mécanique a des ratés. Le brigadier-chef fronce les sourcils, contrôle les voyants de son tableau de bord puis, machinalement, regarde à l'extérieur. Il aperçoit une lampe qui brille au beau milieu de la façade, pile dans la fenêtre du suspect numéro un… Ça le désoriente, cette lumière. Quelque chose clignote au-dessus de lui et quelque chose d'autre, là en dessous, a l'air de bouchonner. Au bout d'un moment, c'est vrai, les gaz d'échappement en ont marre de se comprimer indéfiniment derrière mon bouchon de polystyrène… Le chef, perplexe, se gratte le menton et, d'un coup, ma petite explosion de chemineau leur lève à tous le cul.

21

Maison d'arrêt de Gap (Hautes-Alpes). Je ne crains plus rien.

J'ai beaucoup hésité puis j'ai agi sans regret ni calcul, comme les marmottes enchaînant les roulades sur la falaise de Plampinet ou comme Camille choisissant de défendre son père envers et contre tout. Je n'ai peur de rien. Je descends au parloir des avocats avec ma liste de mots rares et précieux pliée au fond de la poche. Cette nuit, je l'ai allongée, ma liste. J'ai rajouté un nouvel adjectif sonnant comme une clochette aux côtés de Naphtaline et de Déçu en bien : Oblatif... C'est léger, musical et ça convient assez bien à la situation. Je rabâche ma trouvaille en descendant le grand escalier métallique. Le maton ouvre la porte du parloir et me pousse à l'intérieur. Mon avocat est là, commis d'office, avec ses lunettes cerclées, son cartable en cuir et son allure de premier de classe. Je m'assieds en face de lui tout en répétant ma définition.

« OBLATIF. adj. (du latin *oblativus*) : qui s'offre à satisfaire les besoins d'autrui au détriment des siens propres. *Un amour oblatif.* »

Je souris… Le type remonte ses lunettes sans trop comprendre. Il scrute mon visage puis se redresse sur sa chaise et me fixe droit dans les yeux. Il se racle la gorge.

— Faudra rien me cacher, monsieur Coublevie…

Plutôt réjouissante, la gueule de mon commis d'office. Je ne m'en lasse pas. Une bouche en cul-de-poule, des oreilles rouges et chiffonnées comme des pivoines, un nez pointu avec la marque des lunettes et, au-dessus, un grand front dégarni avec des traces d'acné. Il a l'air tellement inquiet que je pouffe de rire derrière ma manche. Il fronce les sourcils. J'arrête de rire, lui dis que c'est nerveux et aussitôt, pour me donner une contenance, lui demande s'il connaît la signification du mot « oblatif »… Il secoue la tête en ouvrant et en refermant trois fois sa petite bouche en cul-de-poule. Sa lèvre inférieure est toute plissée. J'ai vraiment l'impression qu'il va pondre un œuf. Je glousse à nouveau derrière ma manche.

— Ne le prenez pas mal, monsieur l'avocat. Je suis à bout de nerfs. C'est le stress de la détention.

Le type hausse les épaules et remonte à nouveau ses lunettes. Là, je lui fais un sourire très doux et lui balance une vanne pour commencer la séance, la première connerie venue.

— Le baiser déroute, la pénétration ensor-celle…

Il me dévisage d'un air consterné.

— L'éjaculation dépite.

Il se mord les lèvres, hésite à repartir puis, finalement, attrape quand même sa serviette en cuir et en tire une chemise cartonnée avec mon nom écrit dessus au feutre noir. Pendant qu'il déplie ses affaires, je repense à mon chartreux, que je n'ai pas vu depuis trois semaines. J'aurais tant aimé le croiser à nouveau sur la Ligne, celui-là, l'embrasser une dernière fois, lui déballer les trucs qu'on se dit jamais quand on se voit tout le temps et qu'on croit que ça va durer la vie entière. Je l'imagine sous le rocher de la Sueur, mon petit curé canaille, seul, triste, dépité, appuyé face au monde… J'y pense et les yeux me piquent. Quand on croupit nuit et jour dans une cellule de onze mètres carrés, on devient senti-mental. OK, je croupis. J'ai mes langueurs. Je ne verrai plus mon chartreux. Pas grave. J'aurais voulu réentendre sa phrase pour la communion, être capable de répéter exactement ses mots. Et puis lui dire de ne plus jamais se raser les avant-bras. C'est moche. Ça fait désordre.

— Faudra tout me raconter, monsieur Cou-blevie…

Bon, il recommence, l'avocat.

Je pose les coudes sur la table, me racle la gorge, me gratte un peu l'occiput puis annonce que je suis vraiment à la bourre ce matin. En plus j'ai la nausée, je suis courbatu et j'ai rendez-vous pour la promenade dans dix minutes un quart d'heure. En prison, on n'a pas une seconde à soi. Voilà, c'est plié. Je le salue. Je me lève et prends congé. Il est vert, mon commis d'office. Je me penche au-dessus de sa chaise, lui tapote la joue et lui dis que notre cause est perdue d'avance. Je suis moulu de fatigue et répète « perdue d'avance » au creux de son oreille toute froissée puis lui caresse le haut du crâne. Le type sursaute et bondit en arrière. Son siège bascule sur le carrelage. Ça résonne dans tout le parloir et, aussitôt, deux matons pointent leur nez. Mon avocat se rassied, essuie ses lunettes puis me fixe à nouveau en inclinant la tête comme un petit animal. Drôle de type… Et alors, on veut tout savoir sur son client et on n'accepte même pas qu'il vous frôle la joue ? On voudrait comprendre la vie sans jamais la toucher ?

Je tends à nouveau les doigts, juste pour voir. Il sursaute une seconde fois mais moins violemment puis, rebelote ! penche la tête de côté comme une chevrette. C'est émouvant. Je fais signe aux matons de nous foutre la paix et puis, bon, OK, je décide d'obtempérer… Je m'appuie au bord de la table et lui déballe la fin du récit en précisant que je n'ai plus trop de temps et que je n'aime pas les causes perdues. L'avocat pousse un gémissement affligé.

Suite et fin du récit.

— Donc le brigadier-chef démarre le moteur de son Jumpy parce qu'il fait froid dehors et qu'il espère se réchauffer les miches. Il veut tempérer un peu l'habitacle. Il ignore que j'ai bouché son pot catalytique. Voilà le programme !… Ça caille à nouveau dans la plus haute ville d'Europe et c'est le clap de fin. J'ai tout prévu. J'espère seulement me marrer une dernière fois et, accessoirement, me signaler aux autorités. Y a mieux, comme stratégie, mais j'ai plus trop d'imagination. Ma lampe de guerre brille dans le trou de rat et je presse la dynamo en attendant que le bouchon explose en bas de l'immeuble. Je braque le projo allemand sur ma bande de planqués, qui ne comprennent rien à rien. J'appuie à fond. À fond, commis d'office… Ça y est, on commence à piger ? Je joue toutes mes cartes d'un coup. Je me découvre sur la façade et, dans le même temps, je les prends par surprise avec mon explosion de bricoleur. En fait, je me rends. Il faut bien lâcher les armes une fois dans sa vie, pas vrai ?

Silence. L'avocat me scrute d'un air incrédule. Impossible de lui dire que Camille m'a supplié d'épargner son père et que, tout compte fait, c'est la meilleure façon de leur donner un coup de main. Il hausse les sourcils, arrête de mâchonner son stylo et pousse une sorte de ricanement bizarre, presque un pet, un rire benêt et sourd… Je l'aime bien, finalement, cet avocat.

— Vous oubliez le principal, Robert Coublevie.

— Oh là là ! On se calme, commis d'office ! On suçote son stylo, on pète, on écoute l'ancien pion du lycée d'Embrun mais on ne l'interrompt pas. Je me fiche complètement du principal et je peux bien arrêter mon histoire quand je veux.

L'avocat trousse les lèvres d'un air pincé. Ses jambes remuent sous la table. Il ôte ses lunettes, les dépose à côté de la serviette en cuir et gratte sa calvitie.

— Explosion générale ! Les trois blaireaux se réveillent d'un coup en croyant que c'est un attentat. Ils comprennent vite que c'est rien du tout mais il y a un mec dans l'immeuble d'en face qui les nargue avec sa lumière jaunasse, pile dans la fenêtre du suspect numéro un.

Le commis hoche la tête. Je repense une seconde à ma lampe de guerre, cette pièce à conviction qu'ils cherchent depuis deux semaines et à ma petite Camille filant la récupérer dans l'impasse.

— Elle est quand même sympa, la môme Taliano…

L'avocat me regarde d'un air perplexe.

— Elle mérite nos ficelles de caleçon.

Il fronce sa bouche en cul-de-poule comme au début.

— Nos félicitations.

Il fait la moue. Il en a assez de mes jeux de mots. Moi aussi j'en ai ma claque, pour tout dire. Ça m'amuse nettement moins qu'au début. OK, je stoppe ces blagues à deux balles, presse la sonnette du parloir et demande à quitter les lieux. Ça ne convient pas trop à mon commis d'office. Je lui précise que j'ai mal à la jambe et lui montre le bout de ciel qu'on aperçoit derrière les barreaux de la fenêtre. C'est plein d'espoir, un coin de ciel pareil, même quand on est en prison et qu'on a le dos en charpie. Il hausse les épaules. Tout nous sépare, commis d'office. T'es jeune, t'es inquiet...

Il replie sa chemise cartonnée et sa serviette en cuir.

— T'aimes pas les gens, t'es en parfaite santé et tu penses beaucoup à ta carrière. Moi, c'est l'inverse, je suis passé de mode, j'aime l'amour, je suis malade et je me fiche complètement de l'avenir.

Il fronce les sourcils et finit de ranger ses affaires. On ne se salue même pas. Je traverse les couloirs de la maison d'arrêt de Gap (Hautes-Alpes) en suivant un gardien boutonneux que j'agace au plus haut point et qui, une fois ma cellule ouverte, va me balancer une beigne histoire de montrer qui commande. C'est une tradition ici, dans les Hautes-Alpes, le coup de pied de l'âne. Sauf que je suis fatigué, presque au bout du rouleau, et que sa frappe de minable me fait gerber. Le maton pousse la porte de la cellule, me balance une première châtaigne et, vas-y, bronzé du genou, je me plie en deux et vomis sur ses basques. Impossible de me retenir, une giclette droit dans ses godasses. Il me balance une autre manchette dans le dos, histoire de m'apprendre à me tenir, puis un dernier coup, plus discret, au bas-ventre. Je plisse les yeux, je plie les genoux et, soudain, j'y vois plus rien… Ça se met à gueuler dans la travée.

Les choses iront vite maintenant.

Les matons ont un train de retard. J'ai fait exprès de ne pas parler de mes deux hernies complétées et de ma jambe inanimée. Il fallait attendre que les choses s'arrangent ou s'accélèrent… Elles s'accélèrent nettement avec les coups de manchette. Se précipitent même. Je m'en servirai plus, de cette jambe. Je dois avoir ma gueule des mauvais jours. Ils s'y prennent à deux pour me soulever et me coucher sur la paillasse. Un quart d'heure plus tard le médecin rapplique et on m'emmène à l'infirmerie. Je me retrouve avec un box pour moi tout seul. La veille, j'avais vomi leur soupe aux vermicelles et le toubib était venu m'inspecter le mollet avec sa petite aiguille. Je crois qu'il a pris peur.

Infirmerie. Je ferme les yeux en rêvant à Camille et à mon pote chartreux. Le plus pénible, en prison, c'est de partager sa cellule avec deux ou trois détenus abrutis de télé. Sympas, les abrutis en question, mais ça vaut pas Mounir ou Tapenade. Là, maintenant, je serai tranquille. Je vais pouvoir piquer un somme et me réveiller à nouveau dans ce box individuel avec bidet, table de nuit, double vitrage et tout. Fin de la coloc. Je sonne, je me plains au gardien de ne pas avoir de médicaments, j'ajoute que je rêve d'un stylo-bille pour écrire mes mémoires, et qu'il pourrait peut-être même téléphoner à l'avocat. Il m'offre tout : le stylo, l'homme de loi, les antalgiques et, en plus, du Coca à volonté si les médocs me filent mal au ventre. Il me propose même un steak haché et de la purée au jus.

Parloir des avocats (suite).

L'avocat, inquiet, triture son porte-documents. Je le remercie pour la purée au jus et ajoute d'un ton narquois qu'à l'écrou, en général, ça fout la gerbe qu'on octroie tout… Il ne rigole même pas. Je lui balance un autre truc du genre « Vivez en paix et buvez frais ». Il refuse d'écouter mes conneries. Tout l'énerve. En fait, il ne comprend pas du tout ce que je fabrique ici, ne sait pas pourquoi j'ai avoué ce crime, n'est même pas sûr que je l'aie commis, le crime en question. Il se demande si j'invente pas un peu.

Évidemment, que j'invente, ma tartiflette. Je lui marmonne que je dis la vérité, rien que la vérité, toute la vérité. J'ajoute qu'il peut bien me croire sur parole avec les oreilles qu'il se trimballe, longues et écarlates comme des nouilles au jus. Il n'apprécie pas la plaisanterie, mon agrégé. On pige rien ? On me prend pour un gros con malpropre sur lui qui passe son temps à lorgner les gamines ? Allez, tu transpires, mon pauvre commis. T'es anxieux et t'es mal à l'aise. Je continue. T'es émouvant.

— Le soir du crime, la fille du bistrotier me trouvait si niais qu'elle m'a emmené direct au dîner de salauds. C'était son truc, le dîner de salauds… On s'est planqués au fond d'une cour, sous d'anciens WC peints en vert avec un petit cœur en contreplaqué sur le devant. La bande de blaireaux s'empiffrait face à nous, derrière une verrière, sorte de loft industriel éclairé à la bougie, avec des plantes vertes et des bouteilles de pinard dans des boisseaux de cheminée. Au-dessus, à l'étage, y avait une baignoire à pieds de griffon avec mon ex dedans qui se trempait les miches. Vous auriez fait quoi, vous, le commis d'office ? Attendu la mousson ? J'ai disjoncté. Je suis reparti en courant, j'ai fracassé une cabine téléphonique dans l'impasse des Trois-Mariées et renversé des poubelles en raccompagnant la môme jusqu'à sa piaule au-dessus du Café du Nord. C'étaient pas des trucs pour elle. Évidemment, je suis revenu deux heures plus tard, tout seul, alors qu'il commençait à neigeoter. J'ai forcé la porte de la véranda, monté l'escalier, surpris ce mec à l'étage en train de baiser ma myope aux seins pointus et lui ai torché la gueule. Après quoi, je suis reparti sur la Ligne mais ça servait à rien parce que j'avais laissé des indices compromettants et parce que les autres suspects, Mounir, Tapenade, Camille, avaient chacun leur alibi. Sans compter Sylvain et la pouffe esthéticienne. Voilà. C'est pas plus compliqué…

L'avocat fronce les sourcils.

À l'évidence, il n'est pas convaincu. Quelque chose lui déplaît. Je lève les yeux au ciel et précise qu'un jour ou l'autre on peut tous devenir des criminels… Il opine du chef puis demande pourquoi j'ai mis tant d'énergie à récupérer ma lampe allemande pour finir par la ressortir aux flics trois semaines après. Il ne comprend pas non plus pourquoi j'ai nettoyé complètement le loft, tenté d'effacer les traces de mon passage pour, en fin de compte, venir me livrer aux autorités à la suite de cette mauvaise blague, ma petite explosion de bricoleur. En plus, j'ai l'air assez content de moi. Ça non plus, il pige pas…

Je lui fais mon plus beau sourire. Il tire la gueule. Je lui fais ma bouche en cœur. Il pince les lèvres en cul-de-poule. Ça patine, notre histoire… Il prend tout sur lui, l'avocat. Il imagine je ne sais quoi, qu'on est en train de commencer un jeu de rôle, de remonter le temps, de prendre les victimes pour des criminels. Plus lucide et plus naïf à la fois, tu meurs ! Ça m'émeut. Je deviens sentimental. Je décide d'aller jusqu'au bout du récit. Je vais lui raconter la fin. Sous ses lunettes cerclées, son petit nez palpite d'impatience.

22

Oui, ça va vite. Ça va trop vite…

Mais, là, c'est plus de mon ressort. C'est pas moi qui donne le tempo. J'aurais aimé marcher encore quelque temps, retrouver partiellement l'usage de ma jambe. Vivre ma vie et pouvoir en rigoler jusqu'au bout. Surtout en rigoler. Sinon j'aurais pu carrément choisir de faire face. Accepter le combat, retourner à l'hôpital, respecter mon corps un peu mieux que d'habitude. Mais une chose semblait certaine, c'est que je ne pourrais continuer à arpenter ma frontière en sautant d'une vallée à l'autre et en célébrant les rocailles, les lumières, la grâce inouïe des bêtes d'altitude. Ou alors il aurait fallu parier sur les nouvelles technologies, tenter les médecines alternatives, la rééducation, la microchirurgie, compter sur une éventuelle rémission… Quoi qu'il en soit, privé de mes montagnes, je ne pouvais espérer vivre comme avant. Et puis je voulais surtout aider Camille. Ce n'est pas vraiment une

gloire, d'aider Camille. Encore moins un sacri-
fice. Elle mérite amplement ce pas de côté de
la part de quelqu'un qui a passé sa vie sur les
frontières en tentant de marcher droit. Le plus
droit possible.

L'étau qui la tenaillait depuis des années commençait juste à se desserrer. Taliano était à terre.
Peines et douleurs s'émoussaient lentement.
Les plaies promettaient de se refermer. Camille
réclamait la tranquillité et l'oubli. Alors, en sortant de sa chambre, le dernier soir, j'ai décidé de
m'arrêter au bistrot. J'ai poussé la porte du Café
du Nord et allégé le vantail. Un putain de silence
est tombé dans la grand-salle. J'ai commandé un
blanc limé en fixant Sylvain droit dans les yeux.
Les bons clients n'en boivent jamais, du blanc
limé, sauf évidemment feu notre belle gueule,
l'agrégé des douanes françaises qu'on a retrouvé
mort sous la baignoire en fonte. Mounir a reculé
contre le mur et failli casser une pile d'assiettes.
Taliano est devenu tout vert. J'ai récupéré mon
blanc limé et l'ai avalé d'un trait. Coup d'œil au-
dessus du bar. La lentille de l'œilleton a clignoté
à deux reprises entre les bouteilles de génépi.
Camille était à la manœuvre.

— Attendez-moi. J'en ai pas pour longtemps…

J'ai claqué la porte et suis reparti en boitant.
Ils sont tous restés bien tranquilles. Ils m'ont
attendu un quart d'heure sans broncher. Aller-
retour au parc des Hirondelles, trente secondes

accroupi sous la gloriette, pas une de plus, sans sac, sans ciseaux. Je coupe trois roses à mains nues, les plus dodues, les plus girondes. Je file récupérer une rose pompon dans les plates-bandes de la gare routière et remonte l'avenue. Je chaloupe d'un feu rouge à l'autre. Y a pas le moindre flic devant la porte du bistrot, ce qui me rassure et confirme que j'ai bien raison de venir les saluer une dernière fois, mes navets d'amour. Voilà. C'est l'épilogue. J'achève mon come-back plié en deux par la douleur et dépose les boutons de rose sur le zinc du Café du Nord. Dans la foulée, je m'envoie trois Lamaline, un Voltarène et deux Topalgic. J'avale tout cul sec avec un nouveau blanc limé.

Taliano tremblote comme de l'œuf en gelée. T'inquiète pas, Sylvain. Je fais comme ta fille, je ferme les yeux. Je vous mets tous à l'abri et, après ça, je débarrasse le plancher. S'agit seulement de protéger un criminel… Camille en a besoin pour surmonter sa peine et sa culpabilité. Tout un programme quand on y pense ! Clin d'œil vers les bouteilles de génépi. Il ne remarque même pas mon clin d'œil, le bistrotier. On n'est que tous les deux, Sylvain… Tu pètes de trouille ! Mounir et les autres sont retranchés près du billard. Camille attend derrière son périscope. Les roses que je viens d'apporter, c'est pour faire joli et pour te montrer que je sais tout… Je sais tout et je vais me livrer à ta place. C'est même pas douloureux. Ça t'intéresse, non ? Le chartreux prétend que certaines victimes parviennent à garder la vie sauve grâce à un simple geste de miséricorde, l'ébauche d'une caresse, une sorte de mouvement de clémence inouïe à l'égard de leur tortionnaire… Et tu sais ce qu'il ajoute, mon chartreux ? Que ce geste-là, furtif et insensé, nous ramène à l'enfance, à la joie, quand nous n'avions d'autre choix que de faire confiance, quand nous tendions les lèvres à tout le monde, du mieux possible, comme le Christ avec les hommes pressés de le trahir. Cette compassion nie la violence au point de l'égarer…

Donc voilà, je te sauve, Sylvain, je t'ouvre les bras.

Zut, tu ne dis rien. Pourtant ça craque derrière la cloison. On n'est jamais seul, finalement… Ça craque mais tu évites de te retourner. Tu sais parfaitement qui se pointe à présent. Une volée de marches surgit dans ton dos. La porte s'écarte et voilà ma Camille qui apparaît en haut de l'escalier avec sa chemise de grand-mère mal ajustée, la vieille chemise coupée trop court, broderies et tout, manche gauche entaillée. Une vraie robe de princesse. J'admire ses pieds nus, ses mollets nus, ses jambes nues.

Elle descend les marches.

Sylvain a le dos tourné et je la contemple tout mon saoul. Je sais ce qu'elle veut me signifier en arrivant comme ça. La vie pourrait recommencer, n'est-ce pas ? C'est ce qu'elle proclame en plissant les yeux, en secouant la tête d'un air navré, navré et tellement confiant, tellement heureux et désespéré à la fois. La chemise bat. J'aperçois le haut de ses cuisses un quart de seconde, comme par inadvertance. Quelque chose pourrait céder dans ce corps-là. Quelque chose pourrait advenir dans l'espace restauré de ce ventre. Le bonheur pourrait renaître un jour ou l'autre sous cette chemise et s'y installer paisiblement. Ces jambes s'ouvriraient à nouveau pour dérouter les rêveurs, les naïfs. La porte humaine redeviendrait accueillante et mystérieuse comme autrefois, il n'y a pas si longtemps… Tu en étais arrivée à mépriser ton corps, Camille. Oui, on comprend ça. Oui, oui, on te laisse en paix. Pour moi, la seule chose certaine est que je ne pourrai plus monter sur la Ligne. Je suis un marcheur et je dois abandonner ma frontière. Je vais donc me recroqueviller dans mon coin et tâcher d'en rire. On peut rire de tout, n'est-ce pas ? Chacun est libre. Chacun va poursuivre sa vie comme il pourra.

Camille me fait une moue très poignante. Elle rabat doucement la chemise. Je lui souris. Je voudrais lui dire que la Ligne, c'est beau d'un bout à l'autre, que les hommes qui s'étreignent, c'est magnifique aussi… Que ceux qui violent, ça laisse sans voix avec une sorte de tumulte à l'intérieur, d'impuissance. Je suis trop ému. Je lui souris. Elle referme sa chemise. Elle s'appuie au mur. Ses cheveux balaient la rampe en bois, elle serre les lèvres puis essaie de sourire à son tour. Elle devine tout, la môme, elle accepte que je parte me livrer aux autorités, elle sait que j'ai compris toute son histoire et que je vais leur tirer une belle épine du pied. Elle relève la tête puis tourne vers moi son visage gonflé de larmes. Elle pivote, gravit l'escalier en bois.

Elle pleure. Je pleure.

L'avocat rajuste ses lunettes.

Il a l'air perturbé mais se redresse en toussotant et annonce que je m'écarte du sujet. Je lui fais ma bouche en cœur puis plonge la main au fond de ma poche, en ressors un petit carton coupé en deux et lui balance la phrase que je cherche depuis des semaines, depuis mon arrivée à la maison d'arrêt de Gap, pas celle sur l'amitié abrasive ni celle sur la cage minuscule du sexe féminin, celle sur le Christ qu'on partage le dimanche et qui renaît jour après jour au fond du désert des chartreux.

« Reçois qui tu deviens. »

Je lui tends l'ex-voto de Sainte-Constance puis incline la tête à sa manière d'animal traqué et sans repères. Je lui répète qu'on devient tous criminels un jour ou l'autre. Je prononce à nouveau la phrase du curé.

— « Reçois qui tu deviens. » On dit ça chez

les chartreux au moment d'avaler le corps du Christ.

Ça le dérange, cette phrase. Il est encore plus paumé qu'au début.

— Il faudra déterminer nos priorités, Robert Coublevie, être tacticien, choisir une stratégie.

Là, franchement, le fou rire me gagne. Je n'ai plus rien à raconter sur le curé maigre ou sur Camille. C'étaient mes cadeaux d'adieu... Je pourrais lui caresser la joue mais il n'aime pas ça, l'avocat à lunettes. Je pourrais lui avouer que je n'arrive même plus à ouvrir les yeux le matin tellement j'ai mal à la jambe. Je lui dis juste que j'ai froid. Il hausse les épaules, recommence son sermon. Je dis que j'ai froid et lui parle des gentianes de printemps. Il essaie de revenir à son sujet. Je lui rétorque qu'on y est pile, dans le sujet. Il s'énerve. Moi aussi. Je lui dis d'arrêter sa soudure. Je gueule que je suis malade.

— On va s'occuper de votre santé, Robert. On va vous remettre d'aplomb.

Il en rajoute, le pingouin. Il me regarde droit dans les yeux mais, en fait, il est terrorisé. Alors je me bidonne. J'éclate de rire. Il referme son dossier et claque la paume dessus comme j'aurais aimé le faire avec le cul de toutes les filles de ce bas monde. Il se lève et me tend la main. Il parle une dernière fois de sa ligne de conduite, une ligne de défense qu'il faudra bien établir pour la future plaidoirie. Je lui réponds la Ligne imaginaire en me pressant le bide. Il bredouille qu'on s'y fera jamais, à des clients pareils. Il est moche et très touchant. Il me tend la main une seconde fois. Alors je sors un truc de ma poche et le lui offre. Je glisse la nonne coupée en deux entre ses doigts. Il assemble les morceaux l'un contre l'autre, reconstitue l'ex-voto. Ses lèvres bougent. Il bafouille. On croirait qu'il prie.

Remerciements à tous les marcheurs, chemineaux et vagabonds de ce monde, à la région Rhône-Alpes, dont le soutien financier m'a permis d'entreprendre l'écriture de ce livre, ainsi qu'à Christine Bry et Hadrien Bichet.

DU MÊME AUTEUR

Au Mercure de France

L'ÉTÉ CONTRAIRE, 2015

L'HOMME QUI MARCHE, 2014 (Folio n° 6008), prix Printemps
du roman 2014

Aux Éditions Gallimard

LA PART ANIMALE, 1994 (Folio n° 4643), prix Nord-Isère 1994

Chez Gallimard Jeunesse Giboulées

PEAU NOIRE PEAU BLANCHE, 2000 (L'heure des histoires n° 12)

Aux Éditions Fayard

LA PAPESSE JEANNE (La femme Dieu, Chair, Le Papelet *repris en
un volume*), 2005 (Le Livre de poche, 2007)

LE PORTEUR D'OMBRE, 2005 (Le Livre de poche, 2007)

LE PAPELET, 2004

CHAIR, 2002

LA FEMME DE DIEU, 2001, prix Lucioles 2001

LES TERRES FROIDES, 2000, prix Lettres Frontières 2000

LE NOCHER, 2000

Chez d'autres éditeurs

RESPLANDY, *Seuil*, 2010

CLÉMENCE, *Le Temps qu'il fait*, 1999

LE RÊVE DE MARIE, *Le Temps qu'il fait*, 1995

CITELLE, *Cheyne éditeur*, 1989

COLLECTION FOLIO

Composition Nord compo
Impression Maury Imprimeur
45330 Malesherbes
le 8 septembre 2015.
Dépôt légal : septembre 2015.
Numéro d'imprimeur : 200930.

ISBN 978-2-07-046599-6. / Imprimé en France.

287184